ベリーズ文庫

執着心強めな警視正は カタブツ政略妻を激愛で逃がさない

伊月ジュイ

STARTS
スターツ出版株式会社

目次

執着心強めな警視正はカタブツ政略妻を激愛で逃がさない

特別書き下ろし番外編

執着心強めな警視正は
カタブツ政略妻を激愛で逃がさない

プロローグ

高層マンションの上層階。窓の外には都心の夜景が広がり、リビングにはハイセンスな大型家具が配置されている。

そこで美都《みと》は真っ白い革のソファに押し倒され、艶《つや》めいた眼差しを向けられていた。

「いいんだよな？　美都を俺のものにしても」

そう言って、美都の上に影を落としているのは獅子峰《ししみね》哉明《かなめ》、三十三歳。ＦＢＩに出向経験を持つ、出世コース驀進中のキャリア警察官だ。

頭脳の明晰さもさることながら、鍛え上げられた肉体と整った美貌を併せ持っている、完全無欠な男である。

「……まだ婚姻届は提出していないので、正確には哉明さんのものではありません」

そんな彼との結婚をごねているのは喜咲《きさき》美都、恋も愛もまだよくわからない二十七歳。ごく普通の会社員で、哉明とは到底釣り合わない女である。

真面目すぎるほど真面目で、他人に媚《こ》びない不器用な性格。ゆえに愛嬌《あいきょう》もない。

しかし、我が道を突き進むその姿勢が哉明の好奇心をかき立てるらしく、執拗に求められている。

「もうすぐ名実ともに俺のものになる。……って認識でいいんだろ?」

テーブルの上には署名入りの婚姻届。哉明が強引に言質《げんち》を取って、美都に書かせたものだ。

記入して三分後にはこうなっているのだから、この男の気の早さには呆《あき》れかえる。

とはいえ署名したからには責任を取らなければならないとも美都は思う。

なにより、貪欲な肉食獣のごとき眼差しが、このまま何事もなく逃がしてくれるとは思えない。

「欲しい。美都を抱いて、全部俺のものにしたい」

核心を突いた台詞《せりふ》に逃げ場を失う。哉明の手が、物欲しそうに美都の腕を撫《な》でている。

恋も愛もわからない――とはいえ、ここまで情熱を向けられて揺らがないような鉄の意志はない。

鼓動が速まり、体温が上昇していく。

自分はこの男に、今ここで食べられてしまうのだろうか。そう思うと体の奥が蕩《とろ》けそうになる。

してほしい、そう感じている自分がいる。

「悪いな、俺は直情的だから。欲しいと思ったら、すぐ手に入れなきゃ気が済まない質《たち》なんだ。これでも我慢してるんだが」

美都の両腕を強く押さえ、服の上から胸もとにキスをする。

思わず溢《あふ》れ出る吐息。美都の中に二十七年間眠っていた本能が、この人のものになりたいと告げていた。

本当にいいのだろうか、体を預けても？　心を委ねても？

いまいちこの男の奥底は計り知れない。

それは彼がキャリア警察官であり資産家という特殊な肩書を持つせいだろうか。それとも生来の気質か。

騙《だま》されているのでは――そんな不安がゼロだとは言えない。

困惑する美都に、哉明は自信と欲望に満ち溢れた猛々しい眼差しで唇を奪い、そっと囁《ささや》いた。

「信じて目を瞑《つぶ》っておけ」

第一章　とりあえず婚約しよう

リビングのローテーブルに置かれているのは、革のブックカバー。

一見すると喫茶店のメニュー表にも見えるそれの中身は釣書だ。

仰々《ぎょうぎょう》しい装丁を見るに、今回はまた随分と格式高い家柄の男性と縁談を取りつけてきたようだ。

「お義母《かあ》さん。もう縁談を持ってくるのはやめてください」

美都はソファに浅く腰かけ、背筋を伸ばしながら丁寧に告げた。

その声に感情はこもっていない。ただ淡々と、冷静に要望を伝えただけ。

礼儀正しい言葉遣いは、相手が気兼ねする義母だから――というわけではない。

美都は誰に対しても常にこうなのである。

「そんなこと言わないで。私、美都ちゃんには絶っっ対、幸せになってほしいの！」

そう言って正面のソファに前のめりで座り、目を輝かせている義母――喜咲杏樹《あんじゅ》の方も素である。

なんの打算も邪心もなく、心から美都を大事に思っている。

美都は二十歳のときに実母を交通事故で亡くした。実父が杏樹と再婚したのはその二年後だ。

一般的に継母といえば、シンデレラに出てくるようないじわるな義母を連想しがちだが、杏樹の場合は特殊である。

夫を愛しすぎている彼女は、その愛し子《いとご》の美都さえかわいいと溺愛している。愛する人の愛する人は愛おしいに決まっている――それが彼女の理論だ。

「だって、美都ちゃんには最高の男性と結ばれてほしいんだもの」

少々ぶりっこともいえなくもない口調は、良家の出だからかもしれない。社会では生きていけないタイプの、筋金入りのお嬢様である。

「結婚だけが女性の幸せではないと思います」

美都は冷ややかに反論する。

もちろん結婚する幸せもあるだろう。だが今の生活でも充分に満足している。

運命的な出会いでもあれば考え方が変わるかもしれないが、釣書の中からそういう男性を探そうとは思っていない。だからこれまで杏樹が用意した縁談も断り続けてきた。

恋愛や結婚に憧れはあるけれど、美都にとっては現実感のない夢物語だ。

（私には……ちょっと、向いてない気もするし）

これまで恋愛のれの字もない人生だったのがその証拠。愛想のなさも災いして、愛だの恋だのとは縁遠い生活を送ってきた。よってこの先、結婚もない気がしている。

「むしろこれからの時代は、個々の価値観に沿った理想的な生活を模索した方が建設的かと思います」

美都は典型的な理系女子。お得意の理論で攻めようとするけれど。

「でも、私はあなたのお父さんと結婚して、とても幸せになれたの。だから、きっと美都ちゃんも素敵な男性に巡り会えれば、とっても幸せになると思うわ」

対する杏樹は感情でごり押しするタイプ。

平行線だ。美都はそっと額に手を当てた。

（私がお義母さんみたいに綺麗《きれい》でお淑《しと》やかならともかくとして）

愛嬌ゼロ、色気ゼロの美都が良家のご子息に気に入ってもらえるかは、はなはだ疑問である。

しかし、杏樹は自己肯定感に満ち溢れたポジティブ人間だから、美都の懸念は理解できないだろう。

「私はあまり男性に興味がないんです。毎日をつつがなく過ごすのが一番の幸せで――」

「もったいない！　美都ちゃんたらとってもかわいくていい子なのに、いい人を探そうともしないなんてもったいないわ！」

「かわいい、は無理があるのでは……」

控えめに言うと、杏樹はきらりと目を光らせた。

「美都ちゃん。ちょっと来て」

美都を自室に引っ張っていく。クローゼットを開け、扉の内側にある大きな全身鏡の前に美都を立たせた。

「自分をよく見て、感じて。まるでモデルさんみたいに美しいでしょう？」

身長は一六六センチ。手脚が長く細身な体形がモデルっぽいと言えなくもない。

（胸がなくてひょろついているだけだと思うのだけど……）

ネガティブに言い換えればこうなる。美都は表情には出さないまま、自身のまな板を見てしゅんとした。

「それから、お父さん似の切れ長の目。面長で知的な顔立ち。とっても素敵だと思うわ。羨《うらや》ましいくらい」

（私はお義母さんみたいに丸顔で目がくりっとしている方がかわいいと思う）

ないものねだりでどちらがよいとは言えないが、隣の芝生は青く見えるものだ。

「髪も黒くて艶々だし」

(呪いの日本人形って言われたことがある)

「なにより、心が綺麗！　とってもピュアでいい子だわ！」

(二十七歳でピュアって、喜んでいいのかしら)

いちいち心の中で反論する美都である。

決して自分に自信がないとか、容姿に引け目を感じているとか、そういうわけではない。冷静に分析するとこうなってしまうのである。

美都ははっきり言って自分の容姿などどうでもいい。

他人から愛されたいとも、かわいく見られたいとも思わない。

恋人のひとりでもできれば、容姿にこだわりが生まれたのかもしれないが、残念ながら二十七年間生きてきて、その機会は一度もなかった。

「ありがとうございます。でも私はあまり、縁談受けするタイプの人間ではないと思いますので」

杏樹の善意を拒絶もできず、ぼんやり濁すと、彼女は珍しく不安げな顔で美都を覗《のぞ》き込んできた。

「もしかして、すでにお付き合いをしている男性がいるの？」

「とんでもない」

これだけは迷いなく即答できる。

「じゃあ、好きな男性がいる、とか？」

おずおずと尋ねてくる杏樹を見て、ふと妙案が浮かんだ。

イエスと答えれば、この縁談の嵐がやむかもしれない。好きな男性などいないが、いると言ってしまうのも手だ。

しかし、妙なところで鋭い女性である、嘘《うそ》だとバレないリアリティが必要だ。

その男性の情報を根掘り葉掘り聞いてくる可能性もある。同僚などと言えば、職場で待ち伏せされかねない。妙な気を起こされない相手でなければ。

絶対に会えない、会おうとも考えない、手の届かない遠い存在が望ましい。

該当する男性がいないかと数秒思考したのち、美都は心を決めて切り出した。

「……実は、ずっと憧れている男性がいるんです」

〝憧れ〟は言いすぎかもしれない。正確には〝恩人〟である。

だが杏樹にはこういう言い方をした方が納得してもらいやすいだろう。彼女は案の定――。

「まあ！　そうならそうと早く言ってくれればいいのに」

そう言って美都の発言に食いついてきた。「詳しく聞かせて」と美都をリビングに連れていき、ソファに座らせる。

「……その、言いにくい話ではありますが。実は私、中学三年生の頃に痴漢に遭ったことがありまして」

大事な娘が痴漢に遭っていた、しかも子どもの頃と聞いて余計にショックを受けたのか、杏樹は口を手で覆う。

「そのとき、助けてくれた人なんです」

まだ中学生だった美都は、痴漢相手にどう対処していいかわからず、とにかく怯《おび》えるしかなかった。

そんな中、助けてくれたその男性はいわばヒーロー。美都は今でも恩を感じている。

「お名前は？　年齢は知っている？」

本当は名前を知っていたが、特定されても困るので、曖昧《あいまい》な情報で濁そうと決める。

「名前は知りません。でも、帝東《ていとう》大学の三年生だそうです。痴漢を捕まえてくれたときに、駅員さんと話しているのを聞いたので」

「帝東大なんてすごいじゃない！」

杏樹が驚くのは無理もない。帝東大は日本で一、二を争う名門校なのだ。

「学部は聞いていないの？」

「はい……ただ、警察官を目指していると言っていました」

「まあ！　正義感が強くてぴったり。今頃、立派な警察官になっているんじゃないかしら」

杏樹が手を打ち合わせる。しかし、本当に警察官になっているかは美都にもわからない。

「で、ほかには？　見た目の特徴とか、ないの？」

「ええと……背が高かった気がします。当時の私から見て、ですけど」

中学三年生の女の子の視点なら、一七〇でも一八〇でも高いと感じる。

実際は父より背が高く、体格もがっしりしていてスポーツマン体型だったが、そこまでヒントをあげる義理はない。

「芸能人で誰に似てるとかは？」

「テレビはあまり観ないので。でも顔は格好よかったと思います」

美醜に疎い美都にでもはっきりわかるほど男前。だがまたしても漠然とした情報だ。

「ほかに特徴はない？　ぱっちり二重とか、福耳だったとか」

「目は自然な感じだったのでなんとも。耳までは見えませんでした」

耳は髪に隠れていた気がする。黒い艶やかなミディアムヘア。綺麗な二重の目。

記憶が鮮明になってきて、ふと思い出した特徴に口が滑った。

「そういえば、目の下に小さなホクロがあったような」

左目の目尻付近に、さりげないホクロ。甘いマスクも相まって、セクシーというか、かわいいというか、チャームポイントに感じられるホクロだった。

思わず口にしてしまったけれど、この程度の情報で個人は特定できないだろう。あの大学の学生は一学年だけで何千人といる。見つけられるわけがない。

「十二年前……帝東大三年生……警察官……長身……目の下にホクロ……」

しかし、杏樹は呪文のごとくぶつぶつと唱えながら、その男の情報を整理している。

ふと思いついたかのように顔を上げ、目をキラキラさせ始めた。

「私、美都ちゃんを救ってくれたその人に、ご挨拶がしたくなってきたわぁ……」

背筋が冷える。会おうなどと考えない遠い存在——だったはずなのに、杏樹は困難などものともしない。

「む、無理ですよ。帝東大の三年生って、何人いると思ってるんですか？　学部すらわからないんですから」

「父の知り合いに、警察庁で働いている方がいるの。十年前に入庁した帝東大生を探せば突き止められるかもしれないわ」

しまった、と美都は思った。ヒントを与えすぎた。

「でも、本当に警察官になったとは限りませんし」

「ううん。きっとなっていると思う。私にはわかるの。これは運命よ。今も独身で、美都ちゃんを待ってくれている」

うっとりと浸り出してしまったので、もうあきらめるしかないと悟る。

「……もし見つかったら、お礼をお伝えください」

どうかその方がすでに結婚していますように。祈るような気持ちで目を閉じた。

しかし祈りは届かず、杏樹が新たな釣書を持ってくるのに一カ月とかからなかった。

「美都ちゃん！　見つかったわよぉ、運命の人」

美都が仕事から帰ってくると、杏樹は揚々とした足取りで玄関に飛んできた。

（嘘でしょう……？）

あの少ない情報で彼を突き止めたというのか。なんという情報力、そしてなんという執念。

（ううん、冷静になるのよ、私。本当にその人かどうかも怪しいし、人違いだと言い張ってしまえばそれまでだもの）

ゆっくりと深呼吸して心を落ち着かせる。

美都は二階の自室に荷物を置き、部屋着に着替えてリビングに向かった。

杏樹はソファに座ってそわそわしながら美都を待っている。ローテーブルの上には新たな釣書が置かれていた。

「顔を見て、すぐにこの人だと直感したの。間違いないわ。彼が美都ちゃんの憧れの人よね？」

杏樹の隣に座り、恐る恐る釣書を開く。

見開きに写真と経歴が載っていた。名前を見て、心臓が止まりそうになる。酸欠を起こしかけ、慌てて息を大きく吸った。

（……間違いない）

獅子峰哉明――一度耳にしたら忘れない、力強くも特徴的な名前。

もう二度と会うことはないと思っていたのに、まさかこんなところで、こんな形で会えるとは思ってもみなかった。

フィルム越しの再会に、緊張して釣書を持つ手に汗がじわりと滲《にじ》む。

当時の彼は二十一歳。写真の中の彼は三十三歳――頼もしさと男らしさが増してい
て、今の美都から見ても、とても素敵な人だと思った。
はっきりとした目鼻立ちにキリリとした眉。左目の下には小さなホクロ。清潔感の
あるミディアムヘアに、上質なブラックのスーツがよく似合っている。
当時とは別人のようでありながら、懐かしさも感じる。
感極まって、写真の上に指先を滑らせて頬の輪郭に触れると、見ていた杏樹がくす
りと笑った。恥ずかしくなって、慌てて手を引っ込める。
「間違いなかったみたいね。よかった」
杏樹のひと言にしまったと俯《うつむ》く。しらばっくれるどころか、『はい、そうです』と
言わんばかりの確信的な態度ではないか。
美都が困惑して凍りついている間に、杏樹は携帯端末を取り出し「お会いするのは
いつがいいかしら～」とさっそくなことを言い出した。
「で、ですが、こんなに素敵な方ですから。心に決めた女性がいらっしゃるのでは？」
「釣書をくれたくらいだから、特定の恋人はいないと思うわ」
「警察庁に勤めるエリートなんですよね？　私とは釣り合わないと思いますし」
必死に言い訳を探す。なにしろ、美都は交際にすら縁遠い人生を送ってきたから、

突然縁談と言われてもどうしたらいいのかわからない。

「家柄を気にしているの？　その点は心配しないで。父の権力を存分に使わせてもらって、おいしい餌《えさ》をたくさん撒《ま》くつもりだから」

キラキラした笑顔を振りまきながら、腹黒いことを言う。

杏樹は生粋《きっすい》のお嬢様である。杏樹の父親、つまり美都の義理の祖父にあたる人物は高名な弁護士で、様々な業界の重鎮に繋《つな》がりを持っている。あの少ない情報から獅子峰哉明を探し当てられたのは、そのコネクションのおかげだろう。

（家柄が不釣り合いといえば、一番はお父さんとお義母さんなのかもしれないけれど）

小さな印刷会社を経営する実父・喜咲隼都《はやと》と、有名弁護士を父に持ちお嬢様として育った杏樹。聞いた話によると、私立の小学校に通っていたふたりは、年の離れた幼馴染だそうだ。

杏樹は幼い頃から隼都にぞっこんだったらしいのだが、隼都が先に結婚したものだから、ショックを受けてその後二十年間も独身でいたのだとか。

美都の実母・美代子《みよこ》の死を機に再会し、猛アタックをかけたのだそう。

（もしかしたらお義母さん自身、家柄は気にしないタイプなのかも）

愛があればすべて乗り越えられると彼女なら言いそうだ。いや、言う。間違いない。

「私、美都ちゃんには絶対幸せになってもらいたいの。それが美代子さんとの約束だから」

「母と直接会ったことはない……ですよね？」

「お墓の前で約束したの」

「……そういえば、そんなことを言ってましたね」

杏樹は義理堅い性格のようで、喜咲家に嫁ぐと同時に『私が美代子さんの代わりに美都ちゃんを幸せにします』と墓の前で約束してきたのだという。

〝母親〟になった気負いもあるのかもしれない。

結果空回り、こうして次々と縁談を持ってくるようになった。

美都としては、むしろ父をお願いしちゃってすみません、ふつつかな親子ですがどうぞよろしくお願いします、といった感じなのだが。

「いきなり結婚の話をするのに抵抗があるなら、お礼を伝えるだけでもいいんじゃない？　この機会に獅子峰さんとお会いしてみたら？」

杏樹に勧められ、押し黙る。

確かに、会ってみたい気持ちはある。当時はまだ中学三年生、ろくにお礼も言えず別れてしまったから、あらためて感謝を伝えたい。

彼がどんな人間に成長しているかも気になるところだ。

悩む美都に、杏樹はパンと手を打ち合わせる。

「じゃあ、私と一緒にお礼を伝えに行くっていうのはどう？　縁談じゃなくて、ただ会ってお茶をするだけ」

「……わかりました。お礼を伝えるだけ、ですね？」

念を押して頷《うなず》くと、杏樹は「よかった」と携帯端末に指先を滑らせた。さっそく約束を取りつけているのだろう。

「じゃあ、かわいいお洋服を買いに行かなくちゃね。コスメも新調しましょう」

秒で後悔が脳裏をよぎる。面倒なことになりそうだ。

「あの……お義母さん？　お礼を言うだけなら、普通の格好でいいのでは？」

「あら、相手はキャリア警察官なのよ？　将来は警察庁長官か警視総監か長官官房の官僚か……とにかく立派な方なのだから、きちんとした格好でお会いしなければね？」

そんなにすごい人だったの⁉と美都は蒼白になる。

「あの、やっぱり――」

お会いできなくていいですと言おうとしたそのとき、杏樹の端末が震えた。

「まあ、さっそく会ってくださるって！　再来週の日曜日よ。じゃあ、次の日曜日はお買い物デーにしましょうね」

退路が断たれ、沈黙する。

ただでさえ人見知りで、男性と会うだけでも気鬱だというのに、相手は恩人、加えて立派なキャリア警察官、そして正装での会食——憂鬱のトリプルコンボである。

育ちのいい杏樹に任せておけば失礼はないだろうと思うけれど。

(しばらく着せ替え人形になるのね……)

表情が無になる。どうしようもないとき、ただでさえ感情表現の乏しい美都の表情は完全に消え失せる。

スンとした顔のまま、ふらふらと自室に戻った。


二週間後の日曜日、獅子峰哉明にお礼を伝えに行く当日。

これから出かけるというときに、杏樹がお腹を押さえてリビングのソファに横たわった。

「痛たたたた。悪いものでも食べたかしら、困ったわ」

隼都が「杏樹さん、大丈夫?」と彼女の横に座り手を握る。

「お父さん。悠長に手を握ってる場合じゃないわ。病院に連れていかないと」

　今日は日曜日、受診できる病院は限られている。美都はすかさず携帯端末で休日診療可能な病院を探し始めるが。

「大丈夫よ。少し横になっていれば治まると思うの。それより美都ちゃんは獅子峰さんのところへ行って」

「それなら獅子峰さんにキャンセルのお電話をして、別の日に――」

「そ、それは失礼よ！　とってもお忙しい方なのっ」

　なぜか焦ったように杏樹が制止する。

「美都ちゃんは先に行って。私も治り次第、すぐに向かうから」

「……はあ……本当に大丈夫ですか？」

「大丈夫！　隼都さんもそばにいてくれるし、心配はいらないから」

　強引に送り出され、美都はひとりで哉明との待ち合わせに向かった。

　場所は都内にある格式高いホテルのラウンジ。エントランスに足を踏み入れた瞬間、その高級感に気後れした。自分が来ていい場所ではない、そんな気すらする。

（お義母さんならともかく、私にこういうのはちょっと……）

　一応、美都も社長令嬢ではある。子どもの頃は私立の小中学校に通っており、それなりにお嬢様らしくしていたが、就職した今ではごく普通の会社員。令嬢感は皆無だ。

もちろん、こういった場所にも慣れていない。

幾度か深呼吸して自身を落ち着かせながら、気合いを入れてラウンジの受付スタッフに声をかけた。

「すみません、喜咲と申しますが」

「ご予約の喜咲様ですね。ご案内いたします」

シックなスーツを着たスタッフに先導され、美都はラウンジに入る。

地上二十五階、大きな窓から青空とビル群が見える。ふかふかの絨毯に、煌《きら》びやかなシャンデリア、曲線が優美な調度品。エレガントな空間に緊張が高まる。

客はリッチなマダムやスーツを着た紳士、とびきりおめかししたレディなど。

思わず自身の格好を見下ろし、大丈夫よね？と確認する。

杏樹が選んでくれたのは、ペールピンクのワンピースだ。有名ブランドのもので十万円もする。

美都は高すぎると拒否したが、『お祖父《じい》様からのプレゼントだと思って受け取って』と丸め込まれてしまった。

バッグやパンプスも同じブランドの高価なもの。お財布まで買ってもらった。

プチプラ派の美都には抵抗があったが、今となってはその価値が『ここにいてもいいよ』と背中を押してくれている。

「こちらでございます」

そう言って案内されたのは、窓際のテーブル席。眺めがとてもいい。

だがふたり掛けなのはどうしてだろう。杏樹の欠席はまだ店にも相手にも伝えていないはずだが。杏樹が気を利かせて連絡したのだろうか。

ふと携帯端末を確認すると、いつの間にかチャットメッセージが届いていた。

【初めての縁談、頑張ってね！　美都ちゃんなら大丈夫】

文章を見るに合流するつもりはなさそうだ。

「まだお腹が治らないのかしら……。お父さんが一緒だから心配はないと思うけど」

それにしても気がかりなのは〝縁談〟というワード。

「……まさか、最初からそのつもりで？」

ハッとしたそのとき、スタッフが男性客を連れてやってきた。

スタッフのうしろにいるブラックのスーツを纏《まと》った精悍な人物を見て、呼吸が止まりかける。

「お待たせしました。初めまして――ではないんだったか」

そう言って正面に立ったのは、獅子峰哉明、その人だった。

存在感に息を呑み、思わずその場ですくっと起立する。

（オーラがすごい。こんな人、見たことない）

直視するのが躊躇《ためら》われるほどの美貌、そして威厳、三十三歳とは思えない貫禄。写真で見るよりもずっと逞《たくま》しく男前である。

十二年前とは似ているようでまったくの別人が目の前にいる。

しかし目の下の艶っぽいホクロはあの日と同じで、確かに彼だとわかった。

（どうしよう……とりあえず挨拶）

動揺した心中を隠すかのごとく深々と腰を折る。

幸い、冷静に見えたようで、哉明は「そんなにかしこまらなくていい。座ってくれ」と美都に着席を勧めた。

「……はい」

鼓動をばくばくさせながら美都は椅子に腰を下ろす。

顔を上げると、そこには形のいい大きな目があって、視線がぶつかった。

なんて気高く力強い眼差しだろう。目を逸《そ》らしたい衝動に駆《か》られるけれど、それはそれで失礼だ。

じっと見つめ返すと、睨《にら》まれたと感じたのだろうか、哉明がきょとんとした顔でこちらを見た。

余計にいたたまれなくなり、今度こそ目を逸らす。

「よろしければ、お飲み物をお伺いします」

脇に立つスタッフの声がけに救われた。哉明の視線がドリンクメニューに移った途端、美都は緊張が解け、息ができるようになった。

スタッフが本日のお勧めを教えてくれる。説明はさっぱり頭に入ってこなかったが、とりあえず美都は紅茶を、哉明はコーヒーを頼んだ。

注文を終え、再び眩《まぶ》しい目がこちらに向く。

美都の顔は能面が張り付いたように動かなくなった。緊張の最終形態だ。

しかしこうなるとき、周囲からはポーカーフェイスに見えているそうで、よく『肝の据わった女』『常に沈着冷静』などと形容される。

「ご無沙汰しております。喜咲美都です」

沈黙を埋めるかのように、美都は再び一礼する。

ふと荷物入れにある紙袋を思い出し、立ち上がって彼に差し出した。

「十二年前はありがとうございました」

杏樹が用意してくれたその手土産は、老舗の紅茶とお菓子のセットだそうで、かなり高級なものらしい。

「俺はなにもしてない」

哉明は立ち上がり紙袋を受け取ると、美都の肩に手を置いて、座るように促した。

触れられた瞬間、膝の力が抜けて、すとんと椅子の上に尻もちをつく。

「こんなたいそうな品はもらえない」

そう言って、美都の膝の上に再び紙袋を置く。

受け取りを拒否された――美都は紙袋を抱いたまま慌てる。

「で、ですが。痴漢から助けてくださいました」

「まあ、よくあることだ」

「よくは……ないんじゃないでしょうか」

「そうか？　最近は電車に乗る機会自体がめっきり減ったが、学生時代は幾度か助けた覚えがある。それだけ痴漢が多い世の中ってのは、嘆かわしい限りだが。働きがいがあるな」

そう言って悠然と腕を組む彼。

女性のピンチを何度も救っている――まさにヒーローだなと美都は思った。

だが、彼にとってはそれが日常茶飯事。

（私は彼が助けた大勢の人間のうちのひとりでしかない）

こちらがどれだけ恩を感じていようとも、向こうは助けたことすら覚えていないのだ。

そう考えると、どこか寂しい気持ちになった。……が、かといってお礼を引き下げるのもおかしな話だ。

「獅子峰さんが覚えていらっしゃらなくても、助けられた事実は変わりませんから。とにかく感謝の印として受け取ってください」

座ったまま再び紙袋を差し出すと、哉明は面食らった顔をして、しかしすぐに口の端を吊《つ》り上げた。

「頑固だな。まあ、了解した。ありがたくいただいておく」

これ以上拒んでも平行線だと踏んだのか、ようやくお礼を受け取ってくれる。

「義母も直接お礼をしたがっていたのですが。急遽《きゅうきょ》来られなくなってしまい、申し訳ありません」

「そうなのか？　俺はもともと、一対一の顔合わせだと聞いていたが」

（やっぱり……！）

嫌な予感が的中し、硬直する。

『一緒にお礼を伝えに行く』というのは美都を駆り出すための口実にすぎず、やはりこれは縁談なのだ。

自分は今、この壮麗な男と結婚を前提に顔を突き合わせている。

意識が飛びそうになって目を閉じた。とはいえ、このまま現実から逃げているわけにもいかず、ゆっくりと目を開けて深呼吸する。

「なおのこと、わざわざご足労いただきありがとうございました」

硬直したまま、愛想のかけらもなく告げると、哉明は顎に手を添えて頷いた。

「聞いていた通りの人物だな。とにかく礼儀正しく真面目で信用に足る。基本的に無表情で愛想はないが、慣れるとかわいげがある、と」

「かわっ……」

杏樹が事前に吹き込んだのだろうか？　『かわいげがある』だなんて、親の欲目もいいところだ。

「誤情報です。義母がとんだ失礼を」

「ああ、いや。君のお義母さんに聞いたわけではないんだが」

ん？と美都は目を見開く。杏樹でなければ、誰に聞いたのだろう？

「だが、おおむね記憶通りの印象だ。あのときから変わっていなくて安心した」

「私を覚えているのですか？」

「忘れたとは言ってない」

哉明は首を捻《ひね》りながら腕を組む。

「確か私立の制服を着ていたな。受け答えもきちんとしていて、見るからに真面目そうな、育ちのいい女の子だった」

思わず恥ずかしくなって俯く。子どもの頃のことを持ち出されると、どうしてこんなにも照れくさいのだろうか。

「昔の話ですから」

ちらりと哉明を見上げると、彼は驚いたように目を瞬いた。

「悪い。子ども扱いしているわけじゃないんだ。ちゃんと女性だと思っているから、そんな怖い顔しないでくれ」

……睨んでいるように見えてしまったのだろうか。そんなつもりがなかっただけに軽くショックだ。どうも表情筋の扱いが下手で困る。

「さっきの話の続きだが。君は警察官の伴侶《はんりょ》としては申し分ないと聞いている。仕事柄、パートナーには品行方正であってほしい」

彼は警察組織の人間。身内の行いにも厳しく、家族が罪を犯すと出世の道が閉ざされてしまう。左遷、降格、場合によっては懲戒免職もあり得る。

伴侶は慎重に選びたいに違いない。

「俺としては、そろそろ身を固めたいと思っている。条件に合う女性がいるなら、ぜひとも前向きに考えていきたいところなんだが――」

そう言って言葉を切ると、美都の反応を探るように覗き込んだ。

「君としてはどうだ？　俺でかまわないというなら話が早いんだが」

いきなり直球の質問をされ、美都はたじろぐ。

（それだけ真剣に、縁談に臨んでくれているってことかな）

だとすれば自分も真剣に答えなければならない。

（そもそも私は、結婚相手になにを望むのだろう？）

できることなら、いつか結婚したいと思っていた。信頼できるパートナーと家庭を築けたら素敵だと思う。だが理想の相手を具体的に思い描いたことはない。

哉明は憧れの人、自分を救ってくれたヒーローだ。だがそれだけでパートナーとしての条件を満たしていると言えるだろうか。

ふたりは初対面同然、お互いの趣味も特技も性格も知らない。彼について知っていることといえば、正義感の強さくらいだ。それだけで結婚というのは早すぎる気がした。

「すぐに決断はできません。私はあなたをほとんど知りませんから。たとえ義母の勧めであっても、自分が納得できない相手と結婚するのは――」

「つまり、俺が相手では納得がいかないと？」

すっと血の気が引いた。もしかしたら、とても失礼な言い方だったかもしれない。

（そういう意味ではなくて……！）

心の中で大否定するけれど、顔は固まったまま。周囲から冷静沈着と勘違いされる所以《ゆえん》だ。

美都はくらくらしながら、ゆっくりと言葉を選ぶ。

「あなたを知った上で判断したいと言っています」

「なるほど。俺は君のお眼鏡にかなうか、試されているというわけか」

哉明がくすくすと笑う。

また墓穴を掘った。泣きそうだ。もちろん表面上はスンとしているが。

（この人こそ、あえて私が困るような受け取り方をしていない？）

とりあえず「とんでもございません」と否定して目を閉じる。ああ、いっそこのまま眠ってしまいたい。

すると「よし」という声が聞こえた。

驚いて目を開けると、彼の力強い眼差しがいっそう輝きを増していた。

「決めた。婚約しよう」

「は？」

（なんでそうなる？）

さすがにポーカーフェイスが崩れて眉間に皺《しわ》が寄る。げんなりとした顔を見せてしまって申し訳ない限りだ。

「私の話を聞いていましたか？　決断できない、と」

「聞いていた。だから婚約と言ったんだ。結婚じゃない」

ああ、婚約はまだ婚姻届にサインをする前だから――って、そういう問題ではないだろうと美都は天井を仰ぐ。

「屁理屈ではないでしょうか」

「俺が君のお眼鏡にかなうかどうか、婚約中に考えてほしいと言っているんだ」

「でしたら、友人付き合いでもいいのでは？　なぜわざわざ婚約だなんて言い方を」

「その間に、君がほかの男に取られては困る。予約のようなものだ」

こんな女、誰も横取りしませんよ！と心の中で全力で叫びながら、ようやく来た紅茶を飲んで平静を保つ。

「……ですが、お眼鏡にかなわなかったらどうするんです？　警察官はおいそれと婚約破棄などできないでしょう？」

とにかく体裁を気にする職業だと聞いている。婚約と破棄を繰り返していたら、それこそ出世に響くだろう。

しかし、彼はくすりと笑みを浮かべ、美都から渡された紙袋を持ち上げた。

「それを言うなら、俺はこの手土産をもらった時点で、君と結婚しなくちゃならない」

「……は？」

思わず素っ頓狂な声が漏れた。どんな理論だ、それは。

「知らないか？　警察官が他者から金品などの謝礼を受け取るのは禁止されている。君に結婚してもらえないと、俺は懲戒免職になってしまう」

「いや……それは職務中のお話ですよね？」

「公私関係なく、利害関係者からの贈賄《ぞうわい》は禁止だ。君のお祖父さんは高名な弁護士だそうだな。充分利害関係がある」

狡猾《こうかつ》な笑みを浮かべる哉明を見て、美都は混乱する。

「待ってください。そのお礼は、獅子峰さんがまだ警察官になる前の行為に対してですから」

「だが今は警察官だ。加えて俺は、今年新設された部隊の指揮官を任されていて、注目されている。スキャンダルを狙う記者に追いかけ回されているんだが……今もどこかで俺たちにカメラを向けているかもしれないな」

思わずきょろきょろと辺りを見回す。そんな美都を見て哉明はプッと吹き出した。

「まあ、冗談はさておき」

「冗談だったんですか」

「あながち冗談じゃないが、責任を取って結婚しろなんて無茶は言わないさ」

そう言って楽しそうに肩を震わせている。

「獅子峰さんって、いじわるですね」

「おっと、失敗したな。減点か？」

「他人に点数をつける趣味などございません」

ぷいっと目を背けると、哉明はなおさら愉しそうに美都を見つめた。顔を合わせたばかりのときと、美都を見る眼差しの質が違う。

明らかに興味を持っている——が、興味を持たれるようななにかをした覚えはない。

「それにもし、私があなたのお眼鏡にかなわなかったらどうするんです？」

逆に質問してみると、彼は「問題ない」とコーヒーを口に運んだ。

「もうすでにお眼鏡にかなってる」

「え」

「あとは君だけだ」

お眼鏡にかなうことなどしただろうか。ろくに会話もなかったのに。

「私のどこが……」

「それは言っちゃつまらないだろ」

「なんだか気持ち悪いので教えてください」

まるで結婚詐欺に遭っているかのような薄ら寒さ。まあ、警察官である彼が詐欺などするわけはないのだけれど。

いっそう目つきが険しくなる美都をのんびりと眺めながら、哉明は悠然とコーヒーを飲み干す。

「強いて言えば、そういうところだよ」

（余計わからない……）

哉明はスタッフを呼び止め、会計を指示する。まだここに来て十五分しか経っていないのに、もう帰るのだろうか。

領収書を持ってやってきたスタッフに、哉明がカードを渡そうとする。

「あ、待ってください！　ここは私が」

「このくらい払わせろ」

「ですが、今日はお礼をするために――」

そう言いかけてはたと止まった。警察官にコーヒーをご馳走すると贈賄になるだろうか。

「場所を変えよう」

「君が俺と結婚してくれるなら、おごってもらうが？」

「……割り勘にしてください」

「格好悪いからやめてくれ」

結局、哉明がカードを出して会計を済ませる。

（ここを出てどこへ行くつもりなんだろう？）

美都は疑問に思いながらも、案内されるがまま彼のあとについていった。

第二章　キスの許可を

　私立の中学校に電車通学していた美都は、卒業を控えた二月のある日、痴漢に遭遇した。

　ぎゅうぎゅうの満員電車の中で、背後の男がスカートの中に手を差し入れてきたのだ。太ももを這《は》い上がってくる指先の感触。あまりの恐怖に硬直した。

『痴漢です』、『やめてください』などと叫べればよかったのかもしれないが、声が出ない。

　それに痴漢はすぐ背後にいる。逃げ場がない。叫べたとしても、怒った痴漢に暴力を振るわれるかもしれないし、濡れ衣だと逆ギレされるかもしれない。それはそれで怖かった。

　八方塞《ふさ》がりになっていた、そのとき。

「おい」

　鋭い声とともに、痴漢の手が離れていった。見れば横に立っていた長身の青年が、背後の男の手を捻り上げていた。

「な、なんだよ！　痛ぇじゃねえか！」

叫んだのはパーカーを着た五十代くらいの男。

すると青年は男をぎろりとひと睨みし、「痴漢していただろ」と低い声で詰問する。

「証拠はあんのかよ！　むしろ、てめえを名誉毀損で訴えてやってもいいんだぞ！」

逆ギレした男が青年を責め始める。

自分のせいで青年が訴えられてしまう。黙って見てはいられない。

美都は勇気を振り絞り、「……私、痴漢されました」と声をあげる。

恐怖と恥ずかしさと安堵《あんど》と、あらゆる感情が溢れ出し涙となってこぼれ落ちてきた。

隣にいたご婦人が「かわいそうに」と言って美都の肩をさすってくれる。

すると、正面に座っていた気弱そうな女性も美都の味方をしてくれた。「私もこの人が痴漢しているところを見ました」と小さく手を上げる。

周囲の冷ややかな目が男に突き刺さり、男は「やってねえよ！」と暴れ始める。

こうなると車内は軽いパニックだ。近くにいた男性たちが複数人で男を取り押さえ、次の駅で引きずり降ろし、駅員に引き渡した。

身柄を拘束され、観念したのか、あるいは開き直ったのか、男は美都に向かって大声で叫んだ。

「覚えとけよ！　その顔、忘れねえからな！」

ゾッと背筋が冷え、喉の奥がひゅっと鳴った。

痴漢にどれくらいの刑罰が適用されるのか、美都は知らない。罰金だろうか、禁錮刑だろうか。あの男に前科があるかによっても変わってくるだろう。

だがもし、あの男がすぐに釈放されて、またこの車両に乗ってきたなら。美都に恨みを持っていて、復讐しようと企んでいたら。

また痴漢をされるかもしれない。触られる程度で済めばいいが、逆恨みから暴力を振るわれる可能性もある。

そのとき、また近くに助けてくれる人がいるとは限らない。

あまりの恐怖に愕然とした。これから卒業までの一カ月間、毎朝この恐怖と闘わなければならないのか。

親に助けを求めるとか、時間や車両を変えて通学するとか、考えればやり方はいろいろあったのかもしれないが、まだ中学三年生の美都はそこまで頭が回らない。

恐怖に搦《から》めとられ震えていると、助けてくれた青年が隣にやってきて、ぼそりと呟《つぶや》いた。

「俺は毎朝、この車両にいるから」

ハッとして顔を上げる。

毎朝この時間に、この車両に乗れば、助けを求められる人がいる。暗闇の中に光が差した気がした。

それから美都と青年は、駅事務室でそれぞれ事情を聞かれた。

鉄道警察の職員と青年の会話が聞こえてくる。

「獅子峰哉明。帝東大学の三年生です」

「帝東大学かあ、頭がいいんだねえ。将来は官僚かな？」

「警察官を目指しています」

「そりゃあぴったりだ！　君ならいい警察官になれるよ。帝東大卒ならキャリア組だな。十年後は俺の上司になっているかもしれない」

美都は予期せず耳にした青年の情報を頭に刻み込んだ。

（シシミネ、カナメさん……）

まだ面と向かってお礼を言えていない。『ありがとう』と伝えなければ。

そうやってタイミングを見計らっているうちに、いつの間にか彼は帰ってしまっていて、お礼を言う機会を逃してしまった。

翌日、美都は昨日と同じ時間、同じ車両に乗り込んだ。車両の真ん中辺りに進み、きょろきょろと周囲をうかがう。

（……いた！）

美都が乗り込んだ入口とは反対側、ドアの近くにある手すりのそばに哉明は立っていた。

パーカーの上にジャケットを重ね、ボトムスはストレートジーンズ。リュックを背負い、耳にかけるタイプのヘッドフォンをしている。典型的な大学生の格好だ。

美都からよく見える位置にいて、じっと見つめるとさりげなく目線で応えてくれた。

（見守っていてくれる……）

ふんわりと胸が温かくなり、同時に照れくさくなって俯いた。

嬉《うれ》しいけれど、恥ずかしい。なんて声をかけていいのかもわからないし、そもそも話しかけられるような距離でもない。

聞きたいことはたくさんある。学科はどこだろう。なんの科目を専攻しているのか。今日の授業は？　あのヘッドフォンでどんな音楽を聴いている？

尋ねられない質問ばかりが湧き上がってくる。

そんなそわそわする気持ちを抱えたまま一カ月。ふたりの間に会話は一度もなかったが、哉明はずっと美都を見守っていてくれた。

そして卒業の日がやってきた。

通学は今日が最後になる。美都は勇気を振り絞り、ひとつ隣のドア――いつも哉明が立っている入口から乗り込んだ。

まだ一度もお礼ができていないので、なんとかありがとうを伝えたかったのだ。

突然、美都が目の前に来たものだから、哉明は驚いた顔をして片耳のヘッドフォンを外した。

「どうした？」

なにかあったのかと心配そうに覗き込んでくる。一カ月ぶりに聞く声は、やはり頼もしかった。

「……今日で中学を卒業します」

おずおず切り出すと、その意味を理解したようで、哉明は「ああ」と大きく頷いた。

「卒業おめでとう。高校は別のところに？」

「はい」

「そっか。じゃあ、今日で最後の通学になるんだな」

美都は大きく頷く。

質問はたくさんあるし、言いたいこともあるはずなのに、本人を目の前にすると口が縫い付けられたかのように開かなくなった。

なんとか「ありがとうございます」という言葉だけは絞り出す。

すると、哉明の大きな手が美都の頭の上に乗っかった。

「よく頑張ったな」

じーんと胸が痺《しび》れたような気がした。頑張っている自覚のないまま必死に日々を過ごしてきたから、言葉にされた瞬間、目頭が熱くなってきた。

泣き出すなんて恥ずかしい。しかも彼の前で泣くのは二回目だ。よほど泣き虫な子だと思われるだろう。

咄嗟《とっさ》に俯くと、彼の手が頭の上でぽんぽんと跳ねた。髪を乱さないように、美都が怯えないように、気を遣ってくれているのだとわかる。

電車が次の駅に到着し、人が乗り込んでくる。乗客の波に押され、哉明の胸もとに顔が埋まった。

「大丈夫か？」

美都が押し潰されないよう、腕を回して庇《かば》ってくれる。

哉明に包み込まれている感覚。守られているんだ、そう感じながら美都はこくりと頷いた。

＊＊＊

「一カ月も見守ってくださり、本当にありがとうございました」

今、美都は哉明の車の中にいる。場所を変えようと言われホテルを出たあと、彼の車に乗せられたのだ。

「大したことはしていない。俺はただ、毎日同じ車両に乗っていただけだ」

ポリシーなのか意地なのか、どうしても〝助けた〟とは認めたくないらしい。

「当時、大学生でしたよね？　本当は毎日同じ電車じゃなくてもよかったんじゃないですか？」

大学の通学時間は授業によって変わる。毎日規則正しく電車に乗る必要はなかったはずだ。

「その通学時間がルーティンだったってだけだ」

「そもそも大学って、三月は春休みですよね？」

とうとう彼が反論をやめて押し黙った。

哉明は講義もないのに、毎朝早い時間に同じ電車に乗っていてくれたわけだ。これが親切じゃなくてなんだというのか。

「……ありがとうございました」

あらためてお礼を言うと、ようやく観念したようで「ああ」と謝辞を受け取ってくれた。

「ところで、どこへ向かっているんですか？」

「俺の家」

「……は？」

一瞬耳を疑った。まさか、出会ったその日にお持ち帰りされてしまうとは。

いや、厳密には初対面ではないのだけれど――それにしても、あまりにも急だ。

（警戒……した方がいいのかしら？）

無意識のうちに考えが行動に出てしまい、気づけば自身の両肩を抱きしめていた。

「お。今、身の危険を感じたな？　現役警察官が女性を家に連れ込んで無理やりどうこうなんてするわけないだろ。クビが飛ぶ」

哉明が運転しながら横目で美都を睨む。

「では、どうして家に」

「見せておいた方がいいだろう。一緒に暮らすかもしれないんだから」

まさか婚約を了承したと思われているのだろうか？　それとも、意地でも了承させてやろうと思っている？

なぜ彼が自分に執着するのか、美都にはさっぱりわからない。

「……獅子峰さん、モテますよね？」

尋ねると、哉明は「は？」と眉をひそめた。

「帝東大出身のキャリアですもんね。女性に好かれそうな見た目もしていますし」

「……それがどうした？」

「わざわざ私と婚約しなくても、素敵な女性はたくさんいるんじゃないでしょうか」

無理に美都を口説き落とさなくても、勝手に落ちてくる女性がたくさんいるだろう。

尋ねると、哉明は大きく息をついた。

「その質問の意図は『私のどこが好きなの？』で合ってるか？」

「えっ……」

「それとも『あなたは浮気性？』って聞いてる？」

口をあんぐりと開けて哉明を見返す。美都が哉明に好意を持っている前提で聞いてくるあたりが憎たらしい。

「変に勘繰らないでください。今の質問の意図は『私である必要性はありますか?』です」

「イエスだ」

「〇×問題ではなく、記述式です。しっかり回答欄を埋めてください」

「……何文字書けばいいんだ?」

ふう、と一息ついたあと、哉明は霞《かすみ》が関《せき》から程近いタワーマンションの地下駐車場に入り、車を停めた。

「強いて言うなら〝父親を安心させたい〟かな。いや〝父親に恩を返したい〟か」

「お父様?」

「父は経営者なんだ。『LEO《レオ》』って家電のメーカー、知ってるか?」

「もちろん知ってますが……」

知らない人はまずいないであろう有名な電機メーカーである。美都のプライベートPCもLEO製だ。なんなら、家のエアコンや冷蔵庫もそうだったはず。

白物家電や電子精密機器、延《ひ》いてはエネルギー産業まで幅広く扱っている大手企業である。

（まさか、あのＬＥＯの経営者だって言うの⁉）

美都は蒼白になる。キャリア警察官以前に、とんだ資産家ではないか。

「そんなこと、釣書にありませんでしたけど」

「俺の釣書に父親の経歴は必要ないだろ」

「それはそうですが……」

「俺の父親はＬＥＯの代表取締役社長だ」

ＬＥＯの社長令息といえば、たいそうな肩書だ。杏樹も知っていたなら教えてくれればいいのに、きっと美都が余計に萎縮するからあえて黙っていたのだろう。

「本来なら俺が跡を継ぐべきなんだが、わがままを聞いてもらって警察官になった。だからせめて結婚で父の役に立てたらと思っている」

「恩返しに結婚、ですか？　お父様の用意した相手と？」

「そういうことになるな。それまでは結婚なんて考えていなかったから、そういう女性もいなくて都合がよかった。――ちょっと待ってろ」

先に車を降り、助手席の方へ回り込んでくる。ドアを開け美都の手を引き、車から降ろしてくれた。

「君のお祖父さんは負けなしの優秀な弁護士で、父もよく世話になっている。その孫にあたる君なら信頼できると踏んで、父はこの縁談を受けたそうだ。それに弁護士殿は各方面の権力者に顔が利くからな。繋がりは有益だ」

ふたりはマンションの地下エントランスをくぐり、上層階へ向かう。ガラス張りのエレベーターから望める景色が壮観だ。夜になればさぞ夜景が綺麗だろう。

「――で、俺自身については軽く話したが、品行方正なパートナーが欲しい。たとえば、妻に前科があれば結婚できないし、結婚後に罪を犯せば出世の道が絶たれる。その点、真面目そうな君なら安心と踏んだわけだ」

「出会ったばかりで真面目だとわかりますか？　もしかしたら前科があって、結婚できないかもしれませんよ」

「そこは調査済みだし、人となりは聞いている。几帳面でずるいことができない、青信号が点滅し始めたらきちんと足を止めるタイプの人だって」

ぎょっとして哉明を見上げる。確かにその通りではあるのだが、そんな些細《ささい》なエピソードまで知られているとは、少々恥ずかしい。

「いったい誰からそんな話を？」

先ほど、杏樹からではないと言っていたが――。

「君の仕事の関係者からだ」

しれっと言って哉明はエレベーターを降りる。三十階、そこに彼の自宅があるらしい。

「聞けば、君はうちで働いているそうじゃないか」

驚きからぴたりと美都の足が止まる。自分で仕事内容を説明する前に、彼の口から言われてしまった。

「私の勤務先について、知っていたんですね」

「君からは言いにくいだろうと思って。一応守秘義務があるんだろう?」

「はい。ですが獅子峰さんは関係者ですから。話しても問題はないと思っていました」

哉明が玄関のロックを解除する。ドアを開け、美都を中に促した。

モノトーンを基調とした玄関が見える。まるで高級ホテルのようにスタイリッシュだ。

「IT企業『ステラソフト』の公共開発事業部に所属していて、現在は警視庁で犯罪履歴管理システムの開発に携わっている——驚いたよ。まさかこんな近くで働いていたなんて」

美都が就職したのは、日本で三指に入る大手IT企業ステラソフトだ。配属されたのは、官公庁のシステムや入札案件を多く扱う公共開発事業部だった。

入社してしばらくして、警視庁へ出向。以来四年間、システムエンジニアとして警視庁内で稼働するシステムの運用、開発に携わっている。

警視庁で働いていること、及び内部で得た情報を口外することは固く禁じられている。出向するにあたり、まず秘密保持契約の書面にサインさせられた。

「うちで働いているなら安心だ。身辺調査も済んでいるだろう」

警視庁内で働くには身辺調査も必要だ。本人及び身内に犯罪者や反社の人間、危険とみられる組織と関わりのある人間がいると、庁舎への立ち入りが禁止される。

現在庁内で働いているイコール、身辺が保証されていると言えるのだ。

「すまないとは思ったが、警視庁の面々から君の仕事ぶりを聞かせてもらった。みんな口を揃えて真面目だと言っていたよ。とくに情報管理課第四係の主任はベタ褒めだったな。かわいいかわいいと」

本庄雅子《ほんじょうまさこ》主任は美都が新人だった頃からお世話になっていて頭が上がらない。真面目な美都を買って、企業とその顧客という関係以上に日頃からとてもよくしてくれている。

（愛想はないけどかわいげがあると言ったのは、本庄主任だったのね。納得）

そんなことを考えながら靴を脱ぎ、「おじゃまします」と玄関を上がる。

「身内が太鼓判を押したんだ。俺としては心強い」

「獅子峰さんは警察庁で働いているんですよね？　警視庁の方々とも面識があるんですか？」

「直接的な面識はないが、お願いすれば聞いてくれる間柄ではある」

（……それって権力をちらつかせて情報を聞き出したってことなんじゃ？）

警視庁と警察庁には明確な上下関係がある。

警視庁は〝庁〟といいながらも省庁ではない。いわゆる〝東京都警察〟のことで、北海道警、京都府警などと並ぶ地方警察の一部にすぎない。

対して、それを管理する立場にあるのが警察庁だ。

東京は重要な犯罪事件を多く扱うから、ほかの地方警察と比べて少々特別ではあるけれど、基本的には警察庁の管理下にあると言っていい。

現に警視庁の重要ポスト、トップである警視総監はもちろん幹部も、警察庁の人間が就任する。

とくに哉明のようなキャリア警察官は、街中でよく見かける一般的な警察官とは比べものにならない権力を持っている。

警察は上下関係に鬼のように厳しい組織であるから、哉明が命令すれば、警視庁の人間はよほどのことがない限り拒否権はない。

（警視庁への出向が決まったときは、もしかしたら獅子峰さんを見かけることもあるかな、と期待していたんだけれど……）

よくよく考えてみれば、名門帝東大卒ならキャリア組、つまり警察庁の人間だ。警視庁の中では、よほどの強運でもない限り会う機会はない。

「で、そろそろお宅紹介に移ってもいいか？」

そう言って哉明が案内したのは、リビングだ。

カウンターキッチンにダイニングテーブル、ソファスペースなどをゆったりと配置してもあまりある広々とした空間。

ウッドブラインドの奥は一面の窓で、スラットの隙間から壮観な眺望が見える。

インテリアはスタイリッシュなモノトーン。ブラックのカーペットにホワイトのソファ、高級感漂うストーン素材のローテーブル。天井にはデザイン性の高いペンダントライト。

美都は軽く感動して目をぱちぱちと瞬かせた。まるで雑誌や映画で使われるセットのように整った部屋だ。

「オシャレなおうちですね」

ひと言で表すとそうなるのだが、随分チープな響きになってしまったなあと後悔する。

ただのオシャレではなく類を見ないオシャレ。補足するなら〝女子の憧れ〟だろうか。こんな空間で生活しているなんて羨ましすぎる。

「気に入らない？　少し色合いが暗いか？」

哉明が覗き込んでくる。相変わらず美都の顔がスンとして見えたのだろう。

「素敵だと思ってますよ」

美都の心が躍っているのは、外から見ても伝わらない。

淡々と答える様子を、哉明はまじまじと眺めながら「なるほどな」と頷く。いったいなにを得心したのだろう……？

「嫌なら模様替えするが？」

「なぜ私に聞くんです？」

「一緒に暮らすだろう？」

「……婚約については、まだひと言もイエスと言っていません」

素敵な家だし住みたいとも思うが、それを理由に婚約するかといえば違うだろう。

なぜ彼はこんなにも婚約に前のめりなのだろうか。これほど美都が及び腰なのに、あきらめないところがまたすごい。

「獅子峰さんが、私との結婚にメリットを感じてくださっているのはわかりました。職場での評価も汲んでいただきありがたいです。ですが、その評価はあくまで他人がしたものであって、獅子峰さん自身は私をよくご存じない」

人間には相性というものがある。いくら素行のいい人間だからといって、気が合わなければ一緒にいても苦痛だろう。

「いざ生活をともにしてみたら、おもしろみがなくてつまらない女だったという可能性は大いにあります。むしろ、それしか想像できません」

「安心しろ。君はおもしろい」

「なにを根拠に」

「見ていて飽きない」

美都は目を丸くする。おもしろいだなんて、生まれて初めて言われた。

「じゃあ逆にだ。君にとっての結婚するメリットと結婚しないメリットを考えてみろ」

哉明が自信満々に人差し指を立てる。

「結婚するメリットは、まず両親が安心する。経済的、将来的にも安定する。職場も近くなるし、ここの設備も悪くはないだろう。家庭を持ちたいなら絶好のチャンスだ、恋愛などの面倒なステップが省けるからな」

　指折り数える哉明を眺めながら眉をひそめる。恋愛を面倒くさいと言ってしまうあたり、哉明の性質がよくわかる。

　美都はまだ一応、恋愛に夢を持っているけれど、恋愛結婚できそうかと聞かれたら答えはノーだ。なにしろ、恋人がいたためしがない。

　その点、将来的に結婚を考えているなら今がチャンスと言える。

　なにより両親が安心するというのは心惹かれるものがある。

「加えて、浮気や不倫で頭を悩まされる心配もない。信頼性ってやつは結構なメリットなんじゃないか？」

「警察官の方は絶対に浮気や不倫をしないのですか？」

「アホもいるから全員とは言わないが、少なくとも俺はしない。警察組織、とくにキャリア組は不祥事にうるさいからな。バレれば派手に責任を取らされる。浮気だの不倫だの、そんなくだらない理由で足を引っ張られるのを、俺はよしとしない」

　断言する哉明から、キャリア警察官としてのプライドが覗いた気がした。

　たぶんこの人は色恋に現《うつつ》を抜かすことはないなと直感する。なにしろ、恋愛を面倒くさいと言い切る人だ。

「逆に、君にとって結婚しないメリットはなんだ？　もっと自由でいたい？　自分の時間が欲しい？　あるいは、今後俺以上にスペックのいい男に出会えるかもしれない？」

「いいえ。あなた以上にスペックのいい男性なんて出会えないでしょう」

「お義母さんに頼めばいくらでも紹介してもらえるんじゃないか？」

「これ以上、縁談を受けるつもりはありません。そもそも、今までもずっとお断りしてきましたし」

すると、哉明はしてやったりという顔でにやりと笑った。

「結婚するメリットが増えたな。俺と結婚すれば縁談地獄から解放される」

それは魅力的かもしれない……。杏樹の詮索も減るだろう。

無言で悩んでいると、哉明は三本指を立てて、美都の前に突きつけた。

「三日間やる。プロポーズの答えを聞かせろ」

無表情だった美都もさすがにぎょっとした顔をする。

「短！　一生のことなんですから、もっとしっかり考えさせてください」

「三日で決められないなら、それ以上グダグダ悩んでても無駄なんだよ。俺なら三分悩めば充分だ」

なるほど、哉明も一応は美都との結婚を悩んだらしい。三分間。

……そういう割り切りのよさがキャリアたる所以だろうか。

「こういうものは直感だ。嫌か、そうじゃないかの二択」

「どちらかというと嫌寄りです、不安という意味で」

人生の一大イベントを即決するなんて無理だ。

もちろん彼は、美都のヒーローであって恩人。今後を考えても彼以上に素敵な人には巡り会えないだろう。

だが美都はもともと用心深い性格である。石橋は、叩いて叩いて叩きすぎるほどでちょうどいい。

「面と向かって女性に振られたのは初めてだな。ちょっと傷ついた」

哉明がどこか楽しそうに目を丸くする。どう見ても傷ついている顔ではない。

「あなたが嫌とか、そういう意味ではなく、婚約するべきかをジャッジできるだけの材料がありません。証拠不十分ってやつです！」

「うまいこと言うな」

職業を絡めた比喩に哉明はあははと声をあげて笑う。

なんだか楽観的な人だなあ、そう肩を落としかけたとき、哉明の目がきらめいた。

「だが手に入らないものほど欲しくなるのが世の常だよな」

突然彼の眼差しが鋭くなり、纏う空気が変わる。

「美都」

初めて下の名前で呼ばれ、ドキンと心臓が跳ね上がった。

「な、なんです？　あらたまって」

「ほかの女性を探すのは面倒だ。結婚してくれ」

「……その言い方でプロポーズを受ける女性がいるなら見てみたいです」

しかしあきらめるつもりはないようで、哉明は美都の右手をすくい上げると、手の甲にちゅっとキスを落とした。

手を握られるのも、体の一部にキスをされるのも初めてで、美都の頭は真っ白になる。

「つまり、君は俺の運命の相手だ。結婚してくれ」

「いやいや待ってください、どこをどう解釈したらそうなるんですか」

「結婚を考えていた俺の前に、条件をすべて兼ね備えた君が現れた。もう運命と呼ぶしかないだろう」

そうなの？と一瞬丸め込まれそうになり、ハッと我に返った。

まさかこれは自供を迫られているのでは。強引な取り調べによる自白の強要——このまま起訴に持ち込む気だ。

「黙秘します」

「プロポーズに黙秘権はない」

それは確かに……と納得する。

「せめて結婚を考えるにしても、もう少し距離を縮めてからにしてください。私は獅子峰さんのことをなにも知らないんですから」

「じゃあ、キスしていいか？」

「はあ？」

警察官にあるまじき台詞に美都は呆れかえった。物理的な距離のことを言ったわけではないのだが。

「キスでその気にさせる」

「キス程度でその気になるような薄っぺらい女じゃありません」

しかし、哉明は美都の手を取ったまま、部屋の中央にあるソファに向かった。

腰を屈めて美都の太ももの裏に手を差し入れると、体をひょいっと持ち上げ、ソファに寝かせる。

「ひゃあっ！」

「このソファ、広くていいだろう。俺が寝転んでも余裕だし、なにより革の手触りがいい」

軽口を叩きながら哉明が覆い被さってくる。

「ソファはっ……いいですけどっ」

座り心地どうこうを論じている状況ではない。

哉明の精悍な顔がゆっくりと近づいてくる。距離が縮まるにつれ上昇する体温、ばくばくとうるさい脈拍に、今にも爆発しそうな心臓。

キスされる――しかしそう思った直後、哉明の顔が吐息のかかるところでぴたりと止まった。

「……許可をくれ。でないと、俺は手を出せない」

驚いて瞬きを繰り返す。ああ、と美都は彼の言葉を思い出し、納得した。

『現役警察官が女性を家に連れ込んで無理やりどうこうなんてするわけないだろ』

手を出さないでくれているのは、約束のためか。あるいは警察官としてのプライドか。

美都は毅然と言い放つ。

「私がイエスと言うような女なら、あなたのパートナーに相応《ふさわ》しくないでしょう？」

付き合ってもいない男性にキスを許すような女性は、品行方正とは言えない。哉明の妻には相応しくない。

すると、彼はじっと美都を見つめたあと、口もとを緩めた。

「参った。降参だ」

ゆっくりと体をどけると、美都の手を引いて起き上がらせる。距離を取る哉明の目はどこか寂しそうだ。

（約束通り、なにもされなかった……）

大きく深呼吸しながら、胸に手を当てて鼓動を鎮める。なんとかキスは回避できた。

……しかし、安堵しているはずなのに切ないとも感じてしまうのはどうしてだろう。

哉明が正面のソファにどっかりと座り込む。その寂しげな表情を見ていると、胸が痛んできた。

（今度こそ、傷つけてしまった？）

彼が嫌いなわけでも、傷つけたかったわけでもない。

ならどうすればよかったのか。その答えは美都にはわからない。

（今さらフォローしても遅い。嫌がったのは私なんだから……）

しかし、悲しい顔をされると落ち着かない。そんな顔をさせたのは、拒んだ美都にほかならないのだ。罪悪感が募る。

（もしもこのまま彼と別れて、縁談が白紙になったら――）

哉明の存在はただの思い出になる。子どもの頃に助けてもらったことも、生まれて初めてプロポーズされたことも。

それは少し寂しい気がして、思わず口走った。

「――ですが、あなたの言う通り、私にも結婚するメリットはありますし」

「……美都？」

顔を上げた哉明は、珍しく意表を突かれた顔をしていた。

「条件が好ましいのは確かです。獅子峰さんは私の恩人で、信頼もしています。正直、私にはもったいない方だと思っています」

今ここで哉明の手を取らなければ、美都は一生、信頼できる男性に出会えないかもしれない。

冷静に考えれば〝結婚しないメリット〟より〝結婚するメリット〟の方が随分と大きい気がした。

「まずは婚約、でいいんですよね？」

結婚ではなく婚約——即決する勇気はまだ持てないけれど、考える余地は大いにあると思う。

哉明がプッと吹き出して、美都のもとに戻ってくる。

「もちろん」

「では、私と婚約してください」

ソファの上に正座して、真っ直ぐに姿勢を伸ばし、ゆっくりと腰を折る。

「綺麗な礼だな」

哉明は見蕩《みと》れるように漏らし、美都の隣に腰を下ろした。

美都はゆっくりと頭を上げ、そこにある哉明の端整な顔を見つめる。

いつか自分はこの人との結婚を決断するのだろうか——それはまだわからないけれど、もっとよく彼を知りたいとは思う。

「よろしくお願いします、獅子峰さん」

「よろしく、美都」

すると突然、哉明の手が伸びてきて、美都の顎をすくい上げた。

すかさず距離を縮め、唇を重ねる。

あまりにも突然の出来事に反応が遅れた。これはどういうこと？　なぜ？　そんな疑問符に頭を支配されている間に、食《は》むように唇を舐《な》められた。

ちゅっと音を立てて唇が離れていく。呆然《ぼうぜん》とする美都に、哉明は不敵な笑みを浮かべる。

「婚約は、許可と同義だよな?」

(そう……なの?)

婚約をするとキスはしていいことになるのだろうか。

これからふたりの関係がどう変わっていくのか、美都には想像もつかない。

「って、放心か。もしかして、初めてだったか」

哉明が美都の目の前で手をパタパタ振る。

我に返ると、途端に顔が熱くなってきた。

柔らかな唇としっとりとした粘膜の感触が、まだ口の周りに残っている。

突然ファーストキスを奪われたというのに、今美都の心を占めているのは不思議と嫌悪感ではない。

胸の奥がうずうずとするような、淡くて甘ったるい感情だ。

恥ずかしくて、そしてどこかほんのり嬉しくて。戸惑いと喜びが混じったような、おかしな表情になる。感極まって、じんわりと視界が滲んだ。

「……そういう顔するか……参るな……」

哉明は気まずそうに目を逸らし、後頭部に手を当てる。ちらりと様子をうかがったあと、今度は遊びのない声で「美都」と呼び、美都の顎を持ち上げた。

「もう一回、していいか?」

再び顔を寄せてくる。

彼にしては珍しく目が蕩けていて、甘くじゃれつくような顔をしていた。きゅううんっと胸が鳴って、息苦しくなる。

「だ、ダメ。ダメです」

「しよう。したい」

「圧しが強すぎる……!」

必死に彼の胸を押し返すと、ようやく艶っぽい表情が離れていって、今度こそ美都は安堵した。

「……仕方ない。もう少しお預けされてやるか」

哉明はあきらめてソファから立ち上がると、キッチンに向かう。背面の扉をスライドさせると収納棚が現れ、中には調理器具や食器が並んでいた。

哉明は「コーヒーでいいか?」と一応尋ねるものの、返事を待たずにコーヒーメーカーを起動する。

「はい……」

やがて、ミルの音が聞こえてくる。美都はまだぼんやりした頭でその音を聞きながら、コーヒーができるのを待った。

（獅子峰さんはどうして私にキスをしたのだろう？）

婚約者だからとりあえず？　それともおもしろがって、興味本位で？

（少なくとも、恋とか愛とかでないのは、確か）

会って数時間しか経っていない相手に恋愛感情を抱くわけがない。

相手はもちろん、自分だってそうだ。鼓動が収まらないのは好きだからとかそういうのではなく、緊張のせいだろう。

精悍な顔がすぐ目の前に近づいてきて、美都の唇をついばんだ。思い出すだけで鼓動が速まる。

決して心を奪われたわけじゃない、驚いただけだ。

――もう一回、していいか？

――しよう。したい。

（『したい』って、なんなんですか……）

言い方が紛らわしくて胸がもやもやする。なぜ『したい』なんて口にしたのか、どうしても気になってしまう。

それだけじゃない、哉明の眼差しを思い出すと、再び体温が上昇して息苦しい。

(『キスでその気に』なんて、私はそんな単純な人間じゃない……はず)

ままならない生理的反応と闘いながら、美都はスンとした顔の裏でとびきり動揺していた。

第三章　しなやかに、美しく

両家の顔合わせは、実際に同棲《どうせい》をしてみたあと、結婚を決断したときに——美都のたっての希望でそう決まった。

だが同棲をするのに挨拶をしないわけにはいかないと、翌週、哉明は美都の自宅を訪れ、両親に向かって丁寧に挨拶をした。

「娘さんを私にください」

深々と頭を下げ、お決まりの台詞を口にする哉明に、杏樹は涙目で舞い上がり、隼都は放心状態だ。

(紛らわしい言い方を……！)

こういうときだけ人当たりのいい哉明である。

誠実そうな人柄と、警察官という立派な職種に、両親は手放しで婚約に賛成した。

「あの、待ってください。まだ結婚を決めたわけじゃありませんから。一旦、婚約という形をとっただけで」

美都は必死になって説明するが、ふたりの耳には届かない。

「結婚も婚約も同じでしょう?」

「破談になる可能性があるのか?」

きょとんとするふたりに、哉明はキリッとした笑顔で答える。

「美都さんは照れているだけです」

両親の顔がふにゃりと緩む。

「照れているだけかあ」

「哉明さんは美都ちゃんをよくわかってくれているわあ」

美都はあとに引けなくなったことにようやく気づき、早まったかもしれないと後悔した。

哉明が帰ったあと。娘の婚約が決まった安堵と寂しさから、いまだ魂が抜けている隼都をよそに、杏樹は美都を呼び出した。

「いい、美都ちゃん? 男心を掴《つか》むコツを伝授するから、よーく覚えていて。まずは家事についてだけど——」

語り始めた杏樹の言葉を、一応頭の片隅に置きながら、ひっそりとため息をつく。

(無理に気に入ってもらおうとは考えていないのだけれど……)

うまくいかなければそれはそれ、結婚しなければいいだけだ。

（とはいえ共同生活をするわけだし、礼儀を欠くのはよくないわね）

見知らぬ他人同士がともに暮らすのだ。我を通しすぎては破綻するのが目に見えている。

「……お義母さんは、お父さんに気を遣っていますか？」

不意に尋ねると、杏樹は驚いた顔で言葉を止めた。

「愛する人とはいえ、他人に合わせて生活するのは大変ではないですか？　毎日それだと疲れません？」

美都の純粋な疑問に、やや間を置いて、杏樹は笑みを浮かべた。

「合わせるとか、努力とか、大切な人のためなら気にならなくなるわ。その人のためになにかをしてあげられることが幸せなの」

「なる……ほど……？」

（ひっくり返せば、私が獅子峰さんのためになにかをして幸せを感じられたなら、大切な人だということね）

わかりやすい指標が得られて、美都は深く得心する。

「よくわかりました。ありがとうございます」

「大丈夫、美都ちゃんはしっかりしたいい子だもの。きっとたくさん愛される。自信を持って」

そう言って杏樹は美都の頭をいい子いい子する。この人の過保護もたいがいである。

（でも、父が選んだ人がお義母さんでよかった）

赤の他人と一緒に暮らし始め、やがて本物の家族になる。杏樹のおかげでその感覚が少しだけ理解できる。

（私もお義母さんのように……はちょっと無理かもしれないけれど）

せめて自分なりに他人を大切にしてみようと思った。

一カ月後、美都は両親に笑顔で見送られ、哉明の家に引っ越した。

哉明の住む部屋は、玄関を入るとまず廊下があり、左に進むとリビング、右に進むと寝室、そして書斎がある。一番奥は空き部屋で、そこを美都の自室にしてくれた。

実家の自室より広く、ベッドや鏡台を置いてもまだ余裕だ。ウォークインクローゼットがあるので、収納家具を置く必要もない。

案内されたとき、哉明には『狭くて悪いな』と前置きされたが、とんでもない。美都は上等すぎると思ったくらいだ。

引っ越し当日の、日曜日の午後。荷解きを進めていた美都だが、ふと喉が渇きキッチンに向かった。

リビングに足を踏み入れ、ふうっと息をつく。立派すぎて何度見ても慣れない。

(獅子峰さんは……さっきまでここにいたと思ったのだけれど)

彼も今日は休日。交番勤務などと違って、デスクワークが中心である哉明は、土日祝日がお休みなのだそうだ。

ふとリビングを見回すと——いた。白い革のソファにごろんと寝転がり、仰向けになっている。

(お昼寝をされている……?)

片方の手を頭のうしろに置き枕にして、もう片方の手は携帯端末を持ったまま胸の上。お昼寝というよりは寝落ちといったポーズで、すやすや——というか凛々《りり》しく唇を引き結んでいる。

(寝顔までいい顔)

なんだかちょっと悔しくなる美都である。

(お疲れなのかな?)

起こさないようにそっと、キッチンに向かおうとすると。

「腹でも減ったか?」

突然声をかけられ、びくりとして肩が跳ね上がった。

「起こしてしまってすみません、飲み物をいただこうと」

「考えごとをしていただけだから気にしなくていい。起こされたくなかったら自室で寝る」

立ち上がると、のんびりとした足取りでこちらに向かって歩いてきた。

動きはのんびりとしているが、脚が長くて歩幅が大きいので、移動速度は速い。

「で？　ため息の理由は？」

どうやら美都がリビングに足を踏み入れた瞬間に漏らしたため息までしっかり聞かれていたらしい。

「失礼しました。不満ではなく……その、何度見ても見事なリビングだなあと」

綺麗に片付きすぎていて、生活感がない。本当にここに人が暮らしているのだろうかと思ってしまうくらいだ。

「美しく見えるのは、収納が多くて整頓されているからでしょうか」

あとでどこになにが収納されているのか教えてもらわなければ。リモコンひとつ探すのにも手間取ってしまいそうだ。

「収納もまあ多いが、単純に物が少ないんだ。日本に戻ってきたのが最近だからな」

そういえば釣書に、二年間ＦＢＩに出向していたと書かれていた。戻ってきたのは今年の春——今から四カ月前だ。

「それで、なにを飲む？　冷たいものでよければ冷蔵庫に入っているから好きに飲んでくれ。ホットならコーヒーか紅茶か緑茶か。ひと通り棚に入っているはずだ」

そう言ってキッチンに回り、背面の黒い吊り戸に手をかける。シャーッという気持ちのいいレールの音とともにスライドし、収納棚が姿を現す。

床から天井まで全面備え付けの立派な収納棚で、上段は食器、中段にはポットやコーヒーメーカー、レンジやトースターなどが並んでいて、下段は引き出しだ。

上三段は美都の身長では届かない。

「あの辺の物は下に移動しないと、美都は取れないか」

上方の食器を見つめながら哉明が唸《うな》る。ふと美都の頭に哉明の手が乗っかった。

「美都はちっさいからな」

「お言葉ですが、身長は高い方ですよ」

「俺から見たら、の話だ」

ぽんぽんと美都の頭を叩いて遊んだあと、上段の食器を下段に移動した。

芸術作品の展示のようにぽつぽつとしか置かれていなかった食器が、きゅきゅっと集まり、生活感のある並びになる。

「で、飲み物だったな」

「あ、では、お茶にします。場所を教えてください」

哉明が奥の棚に案内してくれる。こちらも大変整理されており――というより、物が少なすぎて視認性が高いだけだが――高級そうな茶葉の缶と急須、ティーポットがいくつか並んでいた。

「このアールグレイの茶葉……」

「ああ。縁談のとき、お前にもらったやつだな」

「まだ封を開けてないんですね」

「美都が来たら飲もうと思ってた。開けてくれ」

では、と美都は缶を開封する。茶葉がふわりと香り、それだけで幸せな気分になった。

「……どうしたんだ？　フリーズしてるぞ？」

「この瞬間が、非常に好きなんです」

「ん……茶葉の缶を開ける瞬間が、か？」

「一番豊かな香りが味わえる瞬間ですよ。今のうちに獅子峰さんもどうぞ」

そう言って哉明の鼻先に缶を差し出す。哉明はすんすんと鼻を鳴らしながら「なるほど」と呑気《のんき》に呟いた。

「次から、茶葉を開封するときは美都を呼ぶことにする」

「ぜひお願いします」

「それと、〝哉明〟な」

突然自己紹介を始めたので、美都は「知っています」と答える。

「そうじゃなくて。〝哉明〟と呼べ」

驚いてぱちりと目を瞬く。婚約したのだから当然か。いつまでも〝獅子峰さん〟と呼んでいては周囲に変に思われるかもしれない。

哉明がティーポットを取り出して調理台に置く。美都は茶葉を入れようとして、ふと量に悩んだ。

「哉明……さんも、一緒に飲みますか？」

「ああ。もらう。もしかしたら、明日には味わえない香りかもしれないんだろ？」

「そうですね。ぜひ」

少し多めに茶葉を入れる。その間に哉明は棚からモノトーンのマグカップをふたつ取り出した。

「モノトーンがお好きなんですか？」

ちなみに食器棚は全面黒、調理台の天板はホワイトベースの大理石で、床のタイルはグレーだ。

「そういうわけじゃないが。この家を買ったときに、家具や生活雑貨の発注をデザイナーに任せたらこうなった」

インテリアに合わせて、食器もモノトーンにしてくれたようだ。

それにしても、哉明にはシックな黒がよく似合う。

「マイマグカップを持ってこなくて本当によかった……」

「何色だったんだ？」

「ピンクです」

「浮くな」

哉明がくくっと笑う。

ティーポットにお湯を注ぎながら、思いついたように切り出した。

「食器を買い足した方がいいな。美都。来週の日曜日、用事はあるか？」

「いえ。とくには」

「なら、買い物に行こう。必要なものがあればリストアップしておいてくれ」

哉明の申し出に少々戸惑いつつも、「ありがとうございます」と一礼する。

「料理はするか？　一応器具はひと通り揃っているとは思うんだが」

そう言ってシンクの下の引き出しを開けると、中にはピカピカの鍋やフライパン、包丁が並んでいた。

「使われた形跡がありませんね」

「使ってないからな」

「仕事が忙しくて自炊ができないという意味ですか？　それとも自炊が嫌い？」

「両方だ」

なるほどと美都は嘆息する。まあ、体つきがひょろひょろだったら、食生活が心配になるが、がっしりしているところを見ると、それなりのものを食べてはいるのだろう。

「あー、催促しているわけじゃないからな。代わりに自炊してくれとか、俺の分を用意しろとか言うつもりはない」

「迷惑でしたら作りませんが、迷惑でなければ作ります。もともと自炊する予定でしたし、ひとり分でもふたり分でも手間は変わりませんから」

「迷惑では、ない」

「でしたら作ります。……私自身の負担にならない程度に」

最後のひと言に安堵したのか、哉明はふっと笑みをこぼして「聞き分けがいいな」と漏らした。

私に頑張ってもらっても彼は嬉しくないだろう。恩着せがましくされても困るはず。ほどほどに持ちつ持たれつやっていこう――彼はきっとそう思っている。

「今夜の食事はなにか考えていますか?」

「デリバリーで済まそうと思ってた」

「食材があれば、適当に作りますが」

紅茶をマグに注いでくれている哉明の横で、美都は冷蔵庫を開けた。

予想はしていたが見事に食材がなくて、「おお……」という呟きが漏れる。これが独身男性の冷蔵庫かあとしみじみ納得する。

「あとで買い物に行ってきます。明日の朝食の材料も欲しいですし。近くにスーパーはありますか?」

「ああ。付き合うよ」

「ひとりでも大丈夫ですよ」

「結構な荷物になるんじゃないのか?」

哉明が紅茶の入ったマグふたつをリビングのローテーブルに運びながら言う。

確かに……と美都は天井を仰ぐ。冷蔵庫を見た限り、バターやソース、ケチャップ、マヨネーズ、味噌《みそ》など、基本的な調味料が揃っていなかった。

和食の味付けで重要な醤油《しょうゆ》、みりん、日本酒の三点セットもないと思われる。最悪、塩や砂糖もないだろう。すべて揃えると、結構な重量になりそうだ。

「手を貸してもらえると助かります」

「素直でよろしいな」

「哉明さんは、面倒見がいいんですね」

「これくらいは。運命の女性にいきなり逃げられても困る」

まだそんなことを言うのか。美都は呆れつつもソファに座り、マグを口に運ぶ。

「……非常においしいです」

さすが杏樹が気合いを入れてチョイスした茶葉だけある。今まで飲んだ紅茶の中で、ベスト3に入る香りの豊かさだ。

ひっそりと感動していると、哉明が膝に肘をついて、まじまじと美都を覗き込んだ。

「美都は、あまり笑わないな」

マグを持つ手が止まる。

「……愛想が悪くて申し訳ありません」

「いや。ちょうどいい。むしろ助かる」

姿勢を戻すと、彼も紅茶のマグに手を伸ばした。

「『きゃー』とか『おいしい～』なんて言われたら、リアクションするこっちが疲れる。美都が普通にしていてくれるから、俺も気を抜いていられる」

そう言って紅茶をひと口。「確かにうまいな」と漏らして、再びマグを置いてソファにもたれた。

「それに、美都の表情はだいたい読めるようになった」

「え？」

「驚いたときは瞬きが増えるだろう。嬉しいときはプラスして眉が少し持ち上がる。眉間に皺が寄っているときがあるが、不快というわけではなさそうだ。おそらく悩んでいるだけだな。よく不機嫌だと勘違いされないか？」

美都がぱちぱちと目を瞬く。まさに今、驚いているからだ。

自身はおろか、家族すら把握していないだろう、わずかな表情の変化を言い当てられる。さすがは警察官、犯人を尋問するのに役立ちそうなスキルだ。

（って、私は犯人じゃないのだけれど）

戸惑う美都に、哉明がにやりと笑みを浮かべてたたみかける。

「美都。俺ない」

した方がいい。お前の表情をここまで的確に読み取れるのは、この

世け道を奪うのが好きなのは、警察官としての性《さが》なのか。あるいは生来の気質

「……検討材料に入れておきます」

目を閉じて紅茶を飲む。彼との共同生活は前途多難そう、そんな予感を覚えた。

夕方、近所のスーパーでふたり仲良く買い物をしたあと、夕食作り。

「なにが食べたいですか？」と聞いたら「ハンバーグ」と子どものようなことを言うので、美都は煮込みハンバーグを作った。

「本日は引っ越し初日で忙しかったので、手を抜かせてもらいました。あしからず」

美都がそう断って煮込みハンバーグとオニオンスープ、ご飯をダイニングテーブルに運ぶと、哉明は「どこがどう手抜きなんだ……？」と不思議そうな顔をした。

「この辺が」

「いや、すごい手が込んでるだろ。ハンバーグに、野菜までゴロゴロ入っていて」

ハンバーグの煮込みの中には、にんじんやブロッコリー、じゃがいも、ナスなど、ゴロゴロした野菜が入っているが――。

「面倒でしたので、レンジで軽く蒸した野菜をすべてつっこんで煮込みました」

杏樹なら『野菜は素揚げに』と言うだろう。彼女は常識はないが料理の腕はあった。

ちなみに、美都もそこそこ料理が得意である。母を亡くしてからは家事をこなしていたせいもある。

とくに料理については、杏樹と一緒にキッチンに立つうちに、自然と腕が上がった。手は抜いたが、それなりにおいしく食べられるはずだ。

哉明が美都の顔をまじまじと見つめる。

「無理、してないか」

「いえ、全然。無理をしないために手を抜きましたから」

スンとして答えると、表情から嘘をついていないと判断したのだろう、哉明は大人

納得し「いただきます」と箸を取った。

「ハ　グをひと口食べて、二、三回咀嚼《そしゃく》し「うますぎる。天才か」と呟く。

「日々の料理にも出ません」

るんだろ？」

「けなされても出しますけどね」

むしろ『まずい』と言われた方がムキになって出すかもしれない。

「美都を乗りこなすのは難しそうだ」

くつくつと喉の奥で笑みを漏らしながら、満足そうにハンバーグを頬張る哉明。

（まあ、おいしいと言われて悪い気はしないけれど）

こっそりと美都の口もとが緩んだのに、哉明は気づいているのかいないのか。

ふたりは淡々とハンバーグを完食した。


お風呂から上がったあと、美都は自室でアイロンがけを始めた。

洋服を段ボール箱に詰めて運んできたので、皺がついてしまったのだ。

今週着る予定のシャツ、ハンカチを半分済ませたところで、ふと哉明にも声をかけてみようかと思い立った。

アイロンをかけたいものがあるかもしれない。大した手間ではないし、一緒にやってしまった方が効率的だ。

自室を出てリビングに向かい、「哉明さん」そう呼びかけたところで硬直した。

キッチンに上裸の哉明が立っていたのだ。首からタオルをかけていて、髪からは水が滴っている。どうやら風呂上がりのようだ。

　幸いにも下半身はカウンターで隠れている……。

（ま、まさかなにも穿《は》いてないということはないわよね？）

　パンツぐらいは穿いているだろう。いや、パンツだけというのも大問題ではあるが。ボトムスを穿いてくれてますように。

　慌ててうしろを向くと、「どうした」と足音が近づいてきた。

「いえ。なにかアイロンをかけるものはあるかと。ついでだったので」

「全部クリーニングに出すからとくにないな。美都も出すものがあるなら言え」

「わ、私は、洗濯機で大丈夫ですからおかまいなくっ」

　そう断って、そそくさとリビングを出て自室に戻る。

　ドアを閉めてひと呼吸。下半身を見ずに済んで助かった。

「というか、服を着てくださいと言うべきだったわ」

　反省しながら再びアイロンをかけ始めると、ガチャッと部屋のドアが開いた。

「おい、美都」

　半裸の男が部屋に踏み込んできたので、思わず悲鳴をあげそうになる。ぎりぎりのところでごくんと声を呑み込んだ。

「……なんです？　急に入ってきて」

ふと哉明の下半身を見て胸を撫で下ろす。ちゃんとボトムスを穿いてくれていてよかった……。

「クリーニング、サブスクだから遠慮するなって言おうと思ったんだが」

「いえっ、自分で洗えますのでおかまいなく」

さっさと上裸の男に出ていってほしい一心で、再び手を動かす。

しかし哉明は、なぜかアイロン台の反対側にどっかりと腰を据え、あぐらをかいた。

「な、なんです？」

「いや、いちいちアイロンをかけるの、面倒じゃないかなと思って」

「大丈夫です。無心でアイロンをかけていると心が落ち着きますよ。心身ともに磨かれている感じがします」

「裸の男が目の前にいても、落ち着いていられるって？」

見れば、にやりと笑う哉明。美都が動揺しているのを知っていて嫌がらせをしているのだ。

「はい。全然気になりませんっ」

「そうか」

哉明が適当な返事をする。なぜかどいてくれず、じっと美都を見つめたままだ。

「……まだなにか？」

出ていくか服を着るかしてください、そう思って睨みつけると、哉明がふっと吐息を漏らした。

「いや。綺麗だなと思って。そうやって、地道にコツコツ積み重ねる姿が」

「え？」

「料理を作って、アイロンかけて。お前、真面目に生きてるんだな」

それくらい普通ではないだろうか。首を傾《かし》げると、哉明は珍しく屈託のない笑みを浮かべた。

「俺はそういうの苦手だから。正しい姿勢で真っ直ぐに生きてるお前を見てると、綺麗だなと思う」

ドキン、と心が震えるのがわかった。そんな格好で、そんな顔で微笑《ほほえ》みかけられたら、どう応えればいいのかわからない。

ぼうっとして思わず手が止まってしまっていた。

「焦げるぞ？」

「……っ！」

我に返り慌ててアイロンを動かす。

「さて、からかうのはこの辺にしておくか」

「か、からかってたんですか！」

「綺麗だと言ったのは本心だ。俺の婚約者が美しい人で嬉しいよ」

柔らかい笑みを浮かべたまま、すっと立ち上がる。

この人の方がよほど綺麗なのにと、美都は反射的に思った。ほどよく筋肉のついた上半身、髪が濡れて乱れていても、絵になってしまうほどの美丈夫。

「明日は仕事だろ。家事はそのくらいにして、早く寝ろ」

「わ、わかりましたっ、おやすみなさい」

「ひとりで眠れるか？　一緒に寝てやろうか」

「結構です！」

哉明はドアを開け、肩越しに振り向くと、今度は裏のある顔でにやりと笑う。

「寝室の鍵、開けとくからな。寂しくなったら来ていいぞ」

「行きません！　おやすみなさい」

「おやすみ」

ドアが閉まり、今度こそふてぶてしい男が部屋を出ていった。

作業に集中しようとするけれどうわの空で、何度も同じ場所にアイロンを当ててしまう。

（急に褒めたりからかったり、なんなんだろう）

哉明の考えがわからない。……わかったことなど、これまで一度もなかったが。

（一応、気を遣ってくれているのかな？）

美都がここで暮らしやすいように、わざととぼけた振りをしているのかもしれない。

飄々《ひょうひょう》として見えるのに面倒見のよい一面があるのは確かだ。

（昔から哉明さんは、そういう人だった……）

なにも言わずに美都を見守り続けてくれた彼。息をするように人助けをする、真っ直ぐな人。

なんだかんだ言っても、美都は哉明を尊敬している。

アイロンを終わらせて、ピンと伸びたシャツをハンガーにかけた。

少しずつふたりなりの生活を模索していかなければならない。それを心地よいと感じたそのときは――。

まだなんの実感も湧かないけれど、もしかしたら永遠を約束する日が来るのかもしれない。

美都には朝のルーティンがある。六時に起床してまず水を一杯。そして十五分間のヨガ。

ヨガは独学で、ポーズに細かいこだわりはない。筋肉を伸ばして血行をよくすることが一番の目的で、心を落ち着けて今日一日を迎えられたらベストだ。

自室でこっそりやるつもりだったが、リビングで早朝の都心を見下ろしながら体をほぐすのも気持ちがよさそうだと思いつく。美都の部屋は窓が腰の高さにあるので、ヨガをしながらでは外が見えないのだ。対して、リビングの大開口窓は座っていても景色が見える。

美都は部屋着のまま、ヨガマットを担いでリビングに向かった。

哉明に見られたら恥ずかしいが、起床は七時頃だと言っていたから大丈夫だろう。

ブラインドを開けると外はすでに明るく、優しい色みの青空が広がっていた。

窓際にマットを敷いて、まずは胡坐の姿勢から。脚を組み背筋をピンと伸ばし、ゆっくりと呼吸を整えていく。

体を伸ばしたり、脱力したり。四つん這いになったり、腰を高く上げたり――十分ほど経ったところで、ふと視線に気づき振り向いた。

いつの間にかリビングの入口に哉明が立っていて、壁に背中をもたせかけて腕を組み、美都をじっと見つめていたのだ。

幾度か目を瞬かせ彼を見つめると。

「美しいな」

無表情でぽつりと漏らすので、美都は上半身を反らせたコブラのポーズのまま凍りついた。

「っ、こんな場所で失礼しました。今、片付けますので」

慌てて向き直ろうとすると、哉明は手を前に突き出し「いや、いい。続けてくれ。目の保養にもなるし」と続きを促した。

(目の保養……？)

疑問には思ったが、続けてくれと言われたのだから、続けるしかない。引き続きルーティンをこなす。

(……視線が気になって集中できない)

なぜそんなにじっとこちらを見つめてくるのだろう。見ていても楽しいものではないだろうに。

「あの。なにか？」

尋ねると、哉明は顎に手を添えて唸った。

「いや。しなやかで綺麗な体だなと思っただけだ」

はあ、と生返事する。

十五分間やりきってはみたが、集中どころではなく、やはり明日からは自室でしようと心に決める。

ヨガマットを持って自室に向かおうとすると、入口に立っていた哉明にマットを取り上げられた。

「重いだろ」

「いえ。それほどでは」

「そこに置いとけ。明日もやるんだろ？」

「いえ。明日からは自室でやりますので」

すると哉明はヨガマットを壁に立てかけ、「なんでだよ」と不満げに漏らした。美都の腰を抱き、そのまま顔を近づけてくる。思わず「え、え？」と美都は腰を反った。

「おお。すごいな。イナバウアー。本当に体が柔らかいな」

「っていうかなんなんです、いきなり近づいてきて」

「おはようのキスでもしようと思ったんだが。そこまで嫌がるか」

「急にやめてください」

なんとか抵抗し、体をどかしてもらう。せっかくヨガで整えた心拍が、今のでめちゃめちゃになった。

哉明はつまらなそうに息をついて、キッチンに入っていく。

「昨夜、部屋に来てくれなかったな。悲しかった」

（むしろ、どうして来ると思ったの？）

呆れる美都をよそに、哉明は冷蔵庫のミネラルウォーターをグラスに注ぎ、飲み始める。

言葉とは裏腹にまったく悲しそうではない。またからかっているだけなのだろう。

「……朝食は七時でかまいませんか？」

「何時でもいい。なければないで問題ない。普段は食べないから」

「私は食べる派ですので、迷惑でなければ一緒に作らせてもらいます」

「なら、ありがたくいただく。コーヒー淹《い》れるが、お前も飲むか」

「はい。お願いします」

軽くやり取りを交わして朝食の準備を開始する。

昨日買った食材で作ったのは、ご飯、味噌汁、玉子焼き、焼き魚、それからサラダとフルーツ。

哉明はコーヒーメーカーをセットし終えると、ダイニングテーブルに座りテレビを点けた。

朝のニュース番組で報道されていたのは、政治家の汚職問題に、有名芸能人の名前を騙《かた》った投資詐欺被害、大手企業がサイバー攻撃被害に遭いシステム停止――なんだか物騒だ。

哉明は携帯端末をチェックしながらも、テレビ画面を睨んでいる。そこはやはり警察官、事件のニュースは気にかけているのだろう。

やがて主要なトピックスが終わり、話題がエンタメに移ると、体を反転させて美都の方に目線を移した。

包丁を動かす美都をなぜかじっと見つめている。……落ち着かない。

「……なんですか？」

「いや。今日も真面目に生きてるなと思ってさ」

「……？？」

悪い気はしないが、落ち着かないのでそこまで見ないでほしい。

できあがった料理をダイニングテーブルに運ぶと、哉明はチェアに座りながら「本格的な朝食だな」と感嘆の声をあげた。

「？　シンプルな朝食だと思いますけど」

どうも哉明は食事に過剰な反応をする。この人は本当に日々栄養のあるものを食べているのだろうか。やはり心配だ。

いただきます、と声を揃えて食べ始めるが、しばらく経つと哉明が箸を止めた。

「食べ方までいちいち美しいな、お前は」

「え？」

思わず美都は動きを止め、手もとを見て、皿の中を見て、どこかに美しいものがあるかを探した。やはり普通だと思うのだが、と首を傾げる。

「姿勢や箸の使い方まできちんとしている。性格が出るな」

「そこまで意識して食べているつもりはないんですが……」

不思議に思いつつも美都は食事を進める。哉明の視線がぐさぐさと突き刺さり、なんだか恥ずかしくなってきた。

「美都を観察していると、まるで違う生き物を見ているみたいで新鮮だ」

「……もうやめてください」

お世辞だかなんだか知らないが、人をそんなにまじまじと見ないでほしい。美都にしては珍しく、きゅっと背中が丸まって猫背になってしまった。

食事を終えて洗い物を済ませ、リビングを出る。そろそろ出社に向けて身支度を済ませなければ。

自室に入ろうとしたそのとき、「美都」と呼び止められた。

「今夜は何時に帰るかわからないから、待たなくていい。食事も用意しなくて大丈夫だ」

「わかりました」

「寂しかったら寝室の鍵を開けておけ。今度は俺が行く」

「閉めておきます。いってらっしゃいませ」

無視して一礼すると、哉明はくすりと笑い、美都の腰に手を伸ばしてきた。

あっと思う間もなく引き寄せられ、唇を奪われる。一瞬だけ、でもしっかりと重なって、抵抗する前に離れていった。

「っ、哉明さん！　きゅ、急にそういうこと……！」

「急にしたくなったんだから仕方ないだろ」

悪びれもせず、わざとらしく肩をすくめる。

「メイクをしたあとじゃ、いってらっしゃいのキスもできなくなる。今しかなかったんだ」

そう勝手に言い残して自室に戻っていった。

「って、思いっきり計画的犯行じゃない……」

急にしたくなったなんて言いながらも、キスできるタイミングを綿密に計っているではないか。

（どういうつもりでこんなことを……）

今さらドキドキが押し寄せてくる。唇だけではなく、腰に回った腕の感触や、近づいてくる端整な顔も、あらゆる記憶が美都の胸を締めつける。

哉明もこうやって、美都を思い出しては鼓動を高鳴らせているのだろうか。それとも、もう頭を切り替えて仕事のことを考えている？

（きっとそう。……なんだか不公平だわ）

そう思うと余計に苦しくなってくる。だが、やはりこの苦しみを味わっているのも美都だけなのだろう。

なかなか収まりのつかない左胸を押さえながら、自室に戻り出かける準備をした。

第四章　あきらめて嫁になれ

美都が現在働いているのは、警視庁赤坂《あかさか》庁舎七階。

美都が所属するステラソフトの公共開発事業部は、庁舎内の部屋をひとつ借りて、来年度刷新される犯罪履歴管理システムの開発を行っている。

美都たちエンジニアの仕事は、実際にシステムを使用している警察官の方々から話を聞いて、現行システムの不満を洗い出し、より使いやすくリニューアルすることだ。

庁舎に入りエレベーターホールに向かうと、先にエレベーターを待っていたのは情報管理課の大須賀《おおすか》だ。

「おはようございます、大須賀さん」

「あ！　おはようございます、喜咲さん。今日も一日、よろしくお願いしますね」

大須賀俊介《しゅんすけ》。年齢は今年で三十歳だと言っていた。

笑顔がとても爽やかで、こんな人が交番にいてくれたら心強いだろうなあというタイプの好青年。美都は警察官の鑑《かがみ》だと思っている。

「今日も暑いですね。朝から三十度超えてそうだ」

八月の後半、まだまだ残暑が厳しく、日中は三十五度を超える日も多い。とくに都心部はコンクリートに囲まれているせいか、外気がとても暑い。

「でもサーバー室に入るときは、寒いので気をつけてくださいね。寒暖差で風邪を引かないように」

開いたエレベーターの扉を手で押さえながら大須賀が言う。美都は「ありがとうございます」と先に乗り込み、パネルの前に立って開くボタンを押した。

「今日はサーバー作業はないので大丈夫です。後ほど、管理課に打ち合わせに伺いますね」

「ああ、そうでしたね。お待ちしています」

大須賀がエレベーターに乗り込んだのを見計らって、閉じるボタンを押す。美都は七階、彼はひとつ上の八階だ。

七階に到着して美都が降りると、扉が閉まる間際に大須賀がぽつりと呟いた。

「朝から喜咲さんとお会いできてよかった。今日は僕、ちょっとついてますね」

返事をする間もなく扉が閉まってしまう。

お疲れ様のひと言でも言えればよかったのだが。少々後悔しながらオフィスに向かう。

オフィスに入ると、すでにステラソフトの社員が何名か出社していた。

ここに常駐している社員は、美都の上司三名と、後輩二名。あとは協力会社の社員が五名いて、全部で十一人体制である。

この場所以外でもたくさんのシステムエンジニア、プログラマーが協力してくれていて、プロジェクト全体の人数は百を超える。

庁舎に百人は入り切らないので、ほかのメンバーはセキュリティが厳重な作業場を別途用意して、そこで働いている。

「おはようございます、喜咲さん」

声をかけてきたのは隣の席の鶴見由奈《つるみゆな》。ふたつ下の後輩だ。

入社当時は綺麗な茶髪と華やかなネイルをしていたが、ここに配属されてからは黒髪とシンプルネイルに変えた。

ここは客先、しかもお堅い官公庁、派手な格好をするわけにはいかないのだ。

堅苦しくて嫌だと愚痴はこぼしつつも、仕事はきちんとこなすいい後輩だ。

「おはようございます、鶴見さん」

デスクに着くと、鶴見は興味津々といった顔で覗き込んできた。

「喜咲さん、新婚生活はどうですかぁ？」

鶴見には先週のうちに婚約者の家に引っ越すと伝えたのだ。

「新婚ではありません。まだ入籍はしてないので」

「新婚でも同棲でもどっちでもいいですー、ラブラブには変わりないじゃありませんか。羨ましい。行ってきますのチューとかしちゃったりしたんですかあ？」

朝のアレを思い出し、思わず押し黙ってしまった。

鶴見が「え？」という顔をする。どうせ否定されると思っていたのだろう。想定外のリアクションに、あんぐりと口を開けた。

「……‼　信じられない！　あの喜咲さんが行ってきますのチューを……」

思わず叫んだ鶴見に、奥に座っていた男性が反応する。

「なんだかホッとしたなあ。喜咲が無事に結婚できて」

彼は美都の直属の上司、筧孝之《かけいたかゆき》。四十歳の中堅社員だ。美都がこの庁舎にやってきてから四年間、ずっと面倒を見てくれている恩師でもある。

「ですから。まだ結婚はしていません」

一応否定するも、ふたりは聞いていないらしく「よかったねえ」「羨ましい」と繰り返している。

「でも、大須賀さんが知ったらショックを受けちゃいそうだなあ」

筧が冗談交じりにぽつりと漏らす。鶴見が「確かに〜」と揶揄《やゆ》するような目で美都を見つめた。

「……なんのことでしょう？」

「なんのって、喜咲さん本気ですかあ？　大須賀さん、あんなに頑張ってアピールしてるのに、本当に報われない……」

筧が横でうんうんと頷く。

「彼、一生懸命に仲良くなろうとしてるのに。喜咲ったら塩対応だからなあ」

「塩……。私、なにか失礼をしたでしょうか？」

「ほら、この前、食事に誘われてたじゃない？　なのに、喜咲ったら俺と鶴見さんにまで声かけちゃうしさ。あれ、どう見てもふたりきりになりたかったんだと思うよ」

「本当ですよ。あのときの私と筧さんのいたたまれない感じ、わかります？」

美都は「はあ」と首を傾げた。美都としては、警視庁の人間——いわば顧客と、上司抜きで食事に行くのはまずい気がしたのだ。だから筧を誘い、ついでに近くにいた鶴見にも声をかけた。

「もったいない。大須賀さん、格好いいし性格もいいし仕事だって安定してるし、どうして付き合わなかったんですか？　私だったら即ＯＫしちゃうのに」

「そこが喜咲だよなあ」

口々にまくし立てられ、美都は困惑する。

「とにかく、大須賀さんの傷が浅いうちに『結婚しました』って報告した方がいいですよ～？」

「ですから、まだ結婚したわけでは」

「婚約はしたんだろ？　一緒だ一緒」

世間一般では結婚も婚約も同義なのだろうか。哉明は婚約中に結婚するかどうかを考えろと言っていたが……。

（もしかして、乗せられた……？）

言葉遊びに引っかかったのではないか。そんな不安が脳裏をよぎった。

午前中は情報管理課の方々と今後の運用について打ち合わせをした。

現在稼働しているシステムに不具合があるらしく、急遽修正プログラムを作ることに決まった。二週間後、庁舎内のサーバー室でアップデート作業をする方向で話を進めている。

サーバー室はセキュリティが厳しく、誰でも気軽に入れる場所ではない。事前に入室申請が必要で、ひとりでの作業も禁止。二名以上、そのうち一名は必ず庁舎の職員でなければならない。

同伴役を大須賀に頼もうとしていたが、会議に出席するはずだった彼が急遽別件で呼び出されてしまい欠席。別の職員に同伴を頼み、打ち合わせを終える。

七階のオフィスに向かう途中、ちょうど戻ってきた大須賀と廊下ですれ違い、「喜咲さん！」と呼び止められた。

「会議、出られなくてすみませんでした。不具合対応のメンバーを決めなきゃいけなかったんですよね？」

「大丈夫です。当日の職員さんについては、本庄主任が別の方を手配してくださいましたので」

大須賀は頭に手を当てて「そうですか……」と少々寂しそうな顔で笑う。

彼も運用係として携わっているシステムだ、できれば自身で対応したかったのかもしれない。責任感の強い人だなと美都は思った。

「では議事録ができたらメールでお送りいたしますね。ご不明な点があればご連絡ください」

業務的に返事をすると、大須賀は今度こそ焦った顔をして「あのっ！」と声をあげた。

「その……喜咲さんって、今夜、お忙しいです？　もしよかったら食事に行きませんか？　今度は……その、ふたりで」

予想外の申し出に、美都は驚いてぱちぱちと目を瞬く。

営業でもない自分が顧客とふたりで食事に行っても問題ないだろうか。一旦、筧に確認した方がよさそうだ。

だが、そもそもそれ以前に——。

（哉明さんはどう思うだろう……？）

業務後に男性とふたりきりで食事をしていたら、浮気と誤解するかもしれない。婚約して早々、不貞を疑われては大変だ。

（その辺のルール、全然決めてなかったな）

異性との食事や仕事の仕方について、今後哉明と検討していく必要がありそうだ。

顎に手を添え、むーんと考え込んでいた、そのとき。

「しばらくは早めに帰った方がいいんじゃない？」

穏やかな声がして振り向くと、別の会議を終えた筧が戻ってきたところだった。

美都の肩に手をぽんと置きながら、大須賀にぺこりと会釈する。

「こいつ、一応新婚なので。仕事が溜まってないときは、早く帰れってみんなで言ってたところなんです」

その瞬間、大須賀の表情が強張る。

「喜咲さん、ご結婚されたんですか……!?」

「入籍はまだ――」

「でも婚約はしたんだよな」

美都は諸々もの申したくはあったが、結局は堂々巡りするのだろうとあきらめ、「はい」と頷いた。

「……そうなんですね！　おめでとうございます。でしたら、ぜひ早く帰って差し上げてください」

大須賀が少々不自然に頬を引きつらせながら笑う。きっと驚いたからだろう。美都は「お気遣いありがとうございます」と頭を下げた。

「そういえば、会議の前に本庄主任と会ったんだが、主任は喜咲の婚約を知っていたみたいだったな。話したのか？」

筧が不思議そうに尋ねてくる。

美都は話していないが、おそらく哉明が聞き取りをした際に、事情を説明したのだろう。

「私ではなく、婚約者が説明したのだと思います」

ふたりは本庄主任と美都の婚約者に面識があるとは思わなかったようで、まさかという顔をする。

「喜咲の婚約者って、警視庁の職員だったの？」

「もしかして、この庁舎内で働いている方と……!?」

詰め寄ってくるふたり。美都は余計にややこしくなったと気づいて焦る。

「ええと……この庁舎内にはいませんが、警察官ではあります。警察庁に勤めていて」

警視庁ではなく警察庁――ふたりの脳裏に『キャリア』という単語がちらついたらしく、わかりやすく凍りつく。

「失礼ですが、どういった役職の方で？」

大須賀がおずおずと尋ねてくる。警察官は上下関係に非常に厳しいので、相手の役職が気になるのだろう。

美都が「警視正と聞いています」と答えると、筧は額を押さえ、大須賀は深く俯いた。

ノンキャリアで警視正まで昇進できる人間は非常に少ない。いたとしても五、六十歳だ。美都と結婚するような歳で警視正といえば、間違いなくキャリアである。

ちなみに大須賀はノンキャリアだ。役職は警視正には遠く及ばない。

「……そうでしたか。お相手が警察官なら安心ですね。どうぞお幸せに」

大須賀が乾いた笑みを浮かべる。

筧は早く立ち去った方がいいと判断したのか「それではお疲れ様ですー」と美都の背中を押し、そそくさとその場を立ち去った。

大須賀の姿が見えなくなったのを確認して、筧は「はぁ～」と大きなため息をつく。

「喜咲、そういうことは早く教えて。地雷踏んじゃったじゃん」

「地雷……ですか？」

「……好きな人がいつの間にか結婚してたってだけで不憫《ふびん》すぎるのに、相手は格上、しかも雲の上のキャリア組とかもう、負け確にもほどが――」

「え？　今なんて？　早口で聞き取れなかったんですが」

「いや、いい。忘れて。むしろ忘れてあげて。大須賀さんがかわいそう」

げんなりとする筧とともに、美都は七階のオフィスに戻り、仕事を続けた。

その日の夜。哉明が帰宅したのは二十三時過ぎだった。

物音に気づき、美都は自室を出て玄関に向かう。

「哉明さん、おかえりなさい。お疲れ様です」

玄関ホールに直立して丁寧に腰を折る。主人の帰りを出迎える姿はまるで使用人、あるいは大正、昭和の古きよき嫁といったところか。

哉明も面食らったのか「あ、ああ。ただいま」と動揺気味に答えた。

「どうかしましたか？」

「こんなに丁寧に出迎えられるとは思っていなくて、驚いた」

「実母も義母も、私が家に帰るとこうして出迎えてくれていたので。……ですが、迷惑でしたらやめます」

「いや――」

靴を脱いで上がってきた哉明が、美都の体をそっと包み込む。

「ただいま」

あらためてそう言って、美都の背中を丁寧に撫でた。まるで壊れ物にでも触れるかのような力加減に、美都は戸惑って立ち尽くす。

「美都は小さい頃から今まで、ずっと大事に育てられてきたんだな。俺も大事にしないと」

この抱擁は、哉明なりの妻への労いなのかもしれない。だとしたら、はねのけるのは違う気がして、美都は腕の中で大人しくする。

「一緒に暮らしてそうそう、こんな時間になって悪い」

「いえ」

お酒の香りはしない。遊んでこの時間になったわけでもないのだろう。

「こんな時間までお仕事、お疲れ様です」

腕の中で答えると、哉明はふっと柔らかな笑みをこぼして美都を解放した。体を包んでいたぬくもりがほんのり残る。

なんとなく会話を続けたくなって、リビングに向かう哉明のあとについていった。

「お仕事、しばらく忙しいんですか？」

「ああ。トラブルがあって二、三日帰りが遅くなると思う。先に眠っててていいぞ」

「わかりました」

もともとそのつもりではあった。待たれては仕事がしにくいだろう。

哉明はバッグをソファの足もとに置くと、お決まりのミネラルウォーターを飲もうとしたのか冷蔵庫を開けて、そして絶句する。

「これ……夕飯か？」

冷蔵庫の中にはチキンステーキと野菜スープの入った小鍋。一応ふたり分作って冷蔵庫に入れておいた。哉明が食べないようなら翌日、美都がお弁当に入れて持っていけばいい話だ。

「……夕飯の残り物です。明日、私が食べます」

答えると、哉明は冷蔵庫を閉めて美都のもとまでやってきて、頭をくしゃくしゃと撫でた。

「明日の朝、俺が食べてもいいか？」

「それは……もちろんですが」

「明日は六時には起きるつもりだから、美都のヨガを見ながら朝食をとるよ」

哉明が艶やかな笑みを浮かべて言う。美都は「私のヨガを見ながらはやめてください」と静かに非難した。

週末になる頃には、哉明の仕事も落ち着いたようだ。

買い物に行こうと約束していた日曜日の十三時。それぞれ出かける支度を終え、玄関で顔を合わせたふたり。

哉明はラフなジャケットにテーパードパンツ。中に着ているホワイトのカットソー以外は基本的にブラックで、私服でも威圧感と気高さがびしびしと伝わってくる。

美都は淡々とした表情のまま、相変わらず格好いいなあとひそかに息をつく。

一方の哉明は、美都の全身をするりと眺め、腰に手を当てた。

「なにからなにまで美しいな、お前は」

美都はホワイトのワイドパンツにモスグリーンのタンクトップ、目の粗いベージュのカーディガンを着ている。

カゴバッグは杏樹が選んだものだ。かわいすぎて美都的には少々恥ずかしいが、これくらいはオシャレしなさいとアドバイスされたので大人しく従うことにした。

ファッションに関しては間違いなく杏樹が正しい。

「……お気遣いありがとうございます。ですが、褒めすぎです」

失礼にならないようなコーディネートはしたつもりだが、そこまで美しいと言われるほど着飾ってもいない。

しかも、哉明の表情はごく普通。照れも作り笑顔もせずしれっと褒めるので、本心がよくわからない。

「普通の格好です」

「その自然体が美しいって言ってるんだ」

靴を履き終えた哉明が美都に手を差し出す。その手を取りながら、カゴバッグと同じ素材のサンダルを履く。どこか気恥ずかしくて俯いた。

この胸がむずむずとする感覚はなんだろう。もしかして嬉しいのだろうか。

自分は褒められると舞い上がる、意外と現金な人間だったのかもしれない。

だがそれを哉明に悟られるのは悔しいし、お世辞を言われるのはもっと嫌だ。

「次にからかったら、婚約破棄します」

「は？　からかってない。本心だ」

「破棄します」

「だから、本気だって。お前は綺麗だ」

わけがわからない言い争いをしながら、手を繋いでエレベーターに乗り込む。

美都の心はぐちゃぐちゃだ。褒められるたびに、熱が上がって頭がぼうっとしてくる。生まれて初めての感覚に、脳がオーバーヒートしていた。

（しかも、手を離してくれない……！）

しっかりと指先が絡められている。これじゃあまるで恋人同士みたいだ。

（ん？　……恋人、なの？）

婚約イコール恋人なのだろうか。だが、哉明も美都も恋などしていない。条件がいいから婚約しただけだ。

(もう、よくわからない)

そっと目を閉じて思考を放棄した。哉明は自分をどう思っているのだろう。なにを思って綺麗だとか美しいだとか口にするのだろう。

聞くに聞けずもやもやとした気持ちだけが募っていく。

哉明の運転する車に乗り込み、目指すは表参道《おもてさんどう》方面。哉明御用達のインテリアブランドのショップがあるらしい。

連れていかれたのは、高級感溢れる家具や雑貨が並ぶショールームだ。

事前にアポイントを取っていたのか、男性スタッフが入口で待ちかまえていて、哉明の顔を見るなりにこやかにお辞儀した。

「獅子峰様、ようこそお越しくださいました。新居の住み心地はいかがでしょう?」

胸のネームプレートには『代表』の文字。どうやら彼がこの店舗のオーナーらしい。

「ああ、満足しているよ。あのときは大した時間もないのに無理を言ってすまなかった」

「とんでもございません、全部屋のコーディネートを任せていただいてありがとうございました。弊社のデザイナーも喜んでおりました」

そんなふたりのやり取りを大人しく眺めていた美都だったが、突然、哉明が腰に手を回してきたので驚いて硬直した。人前であからさまなスキンシップを、しかも見せつけるような真似をするなんて、いったいどういうつもりなのだろう。

「今日は食器を新調したい」

哉明の要望にオーナーはちらりと美都を一瞥《いちべつ》し、うやうやしく頭を下げる。

「承知いたしました。どうぞこちらに」

オーナーに付き添われ店の奥へ。その間も腰に手を回されたままだ。

美都は周囲には聞こえないよう「哉明さんっ……」と小さく反発する。

「俺たちの関係がわかりやすい方が、オーナーも商品を紹介しやすいだろう。いちいち新婚生活に向けてだとか、ペアの食器をくださいとか、口で説明されたかったか？」

「いや……それはそうなのかもしれませんが、人前でこんなにべったりするのは」

「夫婦なら腰に手を回したって違和感ないだろ。エスコートされて照れるのは日本人くらいだぞ？」

（私も店員さんも、その日本人なんですが……）

ワールドワイドな哉明に訴えたところで聞いてはもらえない気がした。

厳密には夫婦じゃないし——と心の中でツッコミを入れつつも、いちいち口に出す気力も失せてごくりと呑み込む。

案内された棚には洗練されたデザインの食器が並んでいた。

「ひと通りペアで揃えよう。美都、好きなデザインはあるか？」

尋ねられたが、なかなか悩ましい質問だ。センスに自信がない。

「哉明さんにお任せします」

「俺はこだわりがない。美都が決めてくれ」

そうは言われても。困惑していると、オーナーが助け舟を出してくれた。

「獅子峰様のご自宅のインテリアを考えますと、ブラックにゴールドのアラベスク模様をあしらったシェヘラザードコレクションは好相性かと。今シーズンの新作としては、ブラックにパッションカラーを合わせたバイカラーシリーズがあって——」

美都はふんふんと説明を聞く。やはりブラックを取り入れるのが無難だ。

素直に自分の好みだけで選ばせてもらうなら——と視界の端でちらりと花柄の食器を眺める。

シンプルなホワイト地に淡いピンクの花柄。いやいや、かわいらしすぎるだろうと美都は小さく首を横に振った。対になる淡いブルーもあるようだが、これを持つ哉明は想像できない。

「このブラックとゴールドのシリーズがいいんじゃないでしょうか?」

美都が最適解を見つけ出すと、即座に哉明が言い返してきた。

「花柄が気に入ったんだな?」

ぎょっとして哉明を見つめ返す。

「あの……なぜ」

「わかるって言っただろ?」

さらっと言いのけ、オーナーに「このシリーズを」とオーダーする。

(いや……でも、ものすごく部屋のテイストに合わないような?)

いいのかなあと申し訳ない気持ちになりながら、腰を抱かれて店内を歩き回る。

それからも幾度か思考を読まれ、ピンクの花柄のクッションやマット、花瓶を買い足した。

「つまり、美都はこのピンクの花柄が気に入ったんだな」

(バレた……)

そっと目を逸らす。できればあからさまにかわいい色柄が好きだなんて知られたくなかった。

「こちら、弊ブランド定番のフラワープリントなんです。気に入っていただけて光栄です」

オーナーがにっこりと微笑みかけてくる。

「インテリアの邪魔にならないといいんですが……」

「こちらの色柄でしたらモノトーンと相性がいいので問題ございませんよ。黒と白で引き締まった印象のお部屋ですから、奥様のご趣味がちょうどいいアクセントになると思います」

（奥様と言われてしまった……）

むずがゆい感覚が再び湧き上がってくる。

スタッフに手伝われ、購入した品を車に積み込み、店を出た。

「ほかに寄りたい場所はあるか？」

運転席でハンドルを握りながら哉明が尋ねてくる。

「いえ」

「なら、次はここでいいか」

自宅に戻るのかと思いきや、さらなる目的地に向かって車を走らせる。

哉明は同じ表参道近辺の駐車場で車を止めた。今度は有名な宝飾品のブランドショップに立ち寄るらしい。

ディスプレイには煌びやかなジュエリー。やはりこちらも事前にアポイントを取っていたようで、哉明が店の前に立った瞬間、ブラックのスーツを纏ったスタッフが出てきた。

「獅子峰様、お待ちしておりました」

さっきの店といいこの店といい、なぜ哉明はいつも顔が知られているのか。

(警察官だから……じゃないよね?)

もしかして家業の影響だろうか。日本で三指に入る有名な家電メーカーの社長令息なら、顔を知られていても不思議じゃないのかもしれない。

「お探しのものをご準備いたしましたので、こちらにどうぞ」

笑顔のスタッフに案内されたのは、接客用の個室だった。

ショーケースにはひと際ゴージャスなジュエリーが飾られ、カウンセリング用のテーブルにはとびきり大きなダイヤの載ったリングが数種類用意されている。

「好きな婚約指輪を選べ」

哉明のひと言に、驚きすぎて悲鳴すらあがらなかった。まだ結婚すると決まったわけではないのに高価な指輪をプレゼントされても困る。

「……哉明、さん？」

表情を引きつらせながら異議を唱えると。

「なにを驚いている？　婚約したんだから、婚約指輪を贈るのは当然だろう」

さも当たり前のように言われ、ああ確かにそうなのかな？と納得しかける。

結婚したら結婚指輪。婚約したら婚約指輪。間違ってはいない。

同時に、もう自分は哉明の手の内から逃れられないのではないかという危機感を覚えた。囲い込まれている気がしなくもない。

（もしかしなくても私は、婚約というものを甘く見すぎていた……）

今さら後悔してももう遅い。目の前には推定ウン百万の指輪が並んでいる。値札がないのはあえてか、哉明が気を遣って外させた可能性もある。

「安そうなものを、なんて考えるなよ」

ただダイヤが大きいから高いというわけではないのだろう。メインストーン以外にもたくさんのダイヤがちりばめられていて、素人に値段の判別は不可能。

「こんな高価な指輪の目利きなんてできません」

買わなかったらそれはそれで、哉明の顔に泥を塗る。

人生最大の難問を突き付けられたようで頭が痛い。

「美都は、花が好きなんだよな」

哉明のひと言にスタッフが反応する。

「でしたら、こちらはいかがでしょう？　ひまわりをモチーフにしたリングで、小粒のダイヤが花びらのようにセンターストーンを囲んでいるんですよ」

ダイヤがたくさんついていて、随分とゴージャスな指輪だなあと気後れしていた美都だが、ひまわりだと思えばかわいらしい。

美都が目を見開くと、哉明はにやりと口もとを緩める。

(あ、また顔色を読もうとしてる)

慌てて口もとを引き締めた。そうそう読まれてはたまらない。

「フラワーモチーフですと、このようなデザインもございますが」

スタッフが奥のケースから取り出してきたのは、同じく花の形をした指輪だが、今度はセンターストーンより花びらが大きくて、まるでコスモスの花のようだった。

「かわいい……」

思わずぽつりと漏れた。美都が初めて漏らした好意的な感想に、周囲は食いついてくる。

「こちら、忘れな草をモチーフにしたジュエリーコレクションとなっておりまして──」

　スタッフが奥の棚から続々とコレクションを出してくる。忘れな草の形をしたカラーダイヤのリング、ネックレスやブレスレットまで。

「ダイヤは白とピンク、どっちがいいんだ?」

「え……えと……ダイヤは白がいいです」

「なら、このリングと、ネックレスをセットで」

(増えてる増えてる……!)

　慌てて哉明の袖口をスタッフから見えないようにくいくいと引っ張る。もうやめてくれというサインだ。

　しかし哉明は無視し、しれっと言い放つ。

「愛の大きさは使った金額に比例すると言うしな」

　愛もなにもないくせに、なにを言っているのかこの男はと蒼白になる。

「まさしくその通りです~」

「素敵な旦那様で羨ましいですわ~」

　口々に賛同するスタッフ。美都は抗う気力も失い、スタッフに指示されるがままに左手を差し出し、サイズを計測した。

「私、思ったのですが」

パスタを頬張りながら美都が言う。

ジュエリーショップを出たあと、少し早めの夕食をと、本格イタリアンの店に入った。

テーブルの中央に置いたマルゲリータのピッツァをふたりで摘まみながら、美都はチェリートマトのスパゲティを、哉明は魚介のリングイーネを食べている。

「やっぱり結婚と婚約は同義ではないでしょうか」

婚約した時点で結婚を了承したも同義。両親も、上司である筧もそう言っていた。

「ようやく気づいたか」

何食わぬ顔で肯定する哉明。やはりこの男は逃げ場をなくすつもりで指輪をプレゼントしたらしい。

「そろそろ結婚しよう」

「まだ同棲を始めて一週間しか経っていないんですが」

「充分だろう。だいぶ待った」

どれだけせっかちなのだろう。こうと決めたら我慢できない質なのかもしれない。

言い方を変えれば、それだけ美都への執着が強いということで。

（その分、私を大事に思ってくれているというのなら、光栄なのかもしれないけれど……）

現に美都のために食器を新調したり、豪華なジュエリーをプレゼントしたり。どうでもいい相手ならばこうはしないだろう。

使われた金額よりも、美都のために時間を割いてくれたことの方が嬉しい。食器も美都の好みに合わせてくれた。

彼なりの誠意は見せてくれたと思う。

「美都。そんなに俺が嫌か？」

しかも急にしゅんとした顔でそんなことを聞いてくる。

押してダメなら引こうという作戦か。見え見えだが、悲しい顔をされると心が痛む良心的な美都である。

「嫌、とか、そういうわけでは。って、この会話、以前もしませんでしたか？　堂々巡りなんですが」

「ならいい加減あきらめて俺の嫁になれ」

このやり取りをあと何回すればいいのだろう。もう抵抗するのは無駄な気がしてきて、美都はそっと目を瞑る。

「美都は面倒くさくなると目を瞑るくせがあるよな」

「よくご存じですね」

「その調子であきらめて俺と結婚してくれるといいんだけどな」

（あきらめる、なんて……）

そもそも美都にとって哉明はヒーローだ。憧れているし、尊敬もしている。結婚に慎重になっているだけで、哉明のなにが気に入らないわけでもないのだ。

この一週間、一緒にいて心地よかったのも事実。

十二年前、怯える美都を毎日欠かさず見守ってくれた優しさは、今も哉明の中にあると確信した。

これ以上決断を先延ばしにしたところで、美都の心は変わるだろうか。この先、哉明に幻滅したり、嫌いになったりする日がくるだろうか。

（たぶん、私はずっと哉明さんに憧れ続けると思う）

〝愛〟は相変わらずよくわかっていない。でも尊敬があれば、この先もずっとふたりでいられる気がした。

「……わかりました」

ため息とともに呟くと、「え」という間抜けな声が聞こえてきた。

ゆっくりと目を開けると、珍しく表情を崩壊させた哉明がいて、随分とおもしろい顔をするものだなあと他人事のように思った。

「わか……え？　わかったって、結婚してくれるのか？」

今さらなにを驚いているのだろう。あれだけゴリ押ししてきたくせに。

「はい、あきらめました。あなたと結婚します」

「それは……同情か？」

「別に同情なんかじゃ。もともと悪い条件ではありませんでしたから。哉明さんは私を助けてくれたヒーローですし、私にはもったいないくらい素敵な方かと」

素直に告げると、哉明はナイフとフォークを置いて真剣な顔になった。思わず美都も姿勢を正す。

「哉明さんこそ、本当に私でいいんですか？　お父様のために無理をしているのでは？」

なぜ哉明が美都のような愛想のないカタブツをわざわざ選んで結婚するのか、それは義祖父のコネクションが目的だからだろう。

「お父様への恩義のために、好きでもない私と結婚するしかないというなら、哉明さんが少しかわいそうです」

逃げるように目を逸らし、きゅっと手を握り込む。

ならばいっそ『愛はない』とはっきり宣言してほしい。さも愛しているかのように騙して、その実、コネクションが目当てだとしたら悲しすぎる。

しかし哉明は、こちらを向けと言わんばかりに手を伸ばしてきて、美都の左手を掴んだ。

「そんなわけがあるか」

引き寄せて指先にキスをする。唇の温もりに、美都の頬はわっと薄紅色に染まった。

「きっかけは父だったが、今は違う。お前を見て結婚したいと思った」

真剣な眼差しに鼓動が騒ぎ始める。

しかし、哉明はふっと息を吐き出し、今度は一転して無邪気な笑みを浮かべた。

「こんなにバカかわいくて綺麗な嫁さん、ほかにいないと思ってる」

美都はぎょっとして瞬きを繰り返す。

(え、今バカって言った？　でも、綺麗とも……)

喜んでいいのかわからない。褒められたのか、けなされたのかも。

でも、確かに哉明の顔は誠実で、嘘をついているとは思えない。

「父親のためとはいえ、一緒にいて気持ちがいいと思えない女とは結婚しない」

（つまり、私と一緒にいて〝気持ちがいい〟と……？）

愛とか恋とかぼんやりとしたことを言われるより、よっぽどわかりやすい気がした。

きっと今の美都のような心地よさを、哉明も抱いてくれているのだろう。

「……ふふ」

思わず吹き出してしまったのは、安心したからかもしれない。

（私は哉明さんにとって〝気持ちのいい女〟なんだ）

美都としては、悪くない評価だ。

小さく肩を震わせて笑い続ける美都を見て、哉明は珍しく驚いた顔をする。

「なんで笑うんだよ。これまでぴくりとも笑わなかったのに、俺が真剣にプロポーズをした途端に爆笑するなんて、どういう了見だ」

思えば哉明の前で破顔するのは初めてだったかもしれない。

「安心したんです。愛しているだなんて言われなくて。いかにも嘘っぽいですし」

かといって正直に『父親の指示通りに結婚する』と言われても、それはそれで寂しかったと思う。

美都自身を見て結婚を決めてくれた、その事実に心が軽くなった。

哉明は参ったという顔で美都の手を離す。

「安堵の笑い……ってことでいいか?」

「はい。なんというか、嬉しかったのだと思います」

哉明がさらに目を丸くする。

「嬉しいって……。お前は、その顔でさらりとそういうことを……」

不意に視線を逸らし、口もとに手を当てる。

なんだかもごもご言っているが、不満があるわけではなさそうなので深くは問い詰めないでおいた。

「それより、さっきバカって言いましたよね?」

「それこそ愛情表現だよ」

また〝愛〟か。哉明の言う愛とやらはどうも胡散臭い。

「さっきのリングとネックレスも、〝愛〟ですか?」

「もちろん」

得意げな哉明に、美都は今度こそ笑顔を消して、スンとした顔で言う。

「哉明さんこそ大バカです。私の気を引くためにあんな高価なジュエリーを買うなんて。しかもネックレスまで」

「いや、買うだろ。婚約指輪だぞ? 一世一代のプロポーズをケチってたまるか。美都こそバカって言ったな。〝大〟までつけて」

「愛情表現です」

お返ししてやると、「お前がそれを言うか」と嘆息した。

「それに、そんな高価なジュエリーなんてもらわなくても私は――」

言いかけて、言葉を止めた。哉明が「なんだよ」と続きを聞きたそうにしている。

(なんて言えばいいんだろう?)

『哉明が好き』？　それとも『哉明と結婚したかった』？　自分でも信じがたくて、口を噤《つぐ》む。

「いえ。なんでもありません」

「お前……そこまで言いかけて」

哉明は今度こそ額に手を当てて、観念したように沈黙した。


食事を終えてマンションに帰宅した。購入したたくさんの荷物をリビングに運び、ようやくソファに腰を下ろす。

間髪をいれず、哉明が書類片手にやってくる。ローテーブルに広げたそれは、婚姻届だった。万年筆とともに美都に向けて置き、正面のソファにどっしりと座る。

「結婚すると言ったよな。気が変わらないうちに書いてもらおうか」

（気が早い……！）

唖然《あぜん》としつつも、言われた通りにする。真っ新《さら》な婚姻届にまず美都が、次いで哉明が記入した。

「あとは証人欄だけだな」

「だけって、なにを言ってるんですか。これから哉明さんのご両親にご挨拶して承諾をいただいて、両家の顔合わせをして……って、やらなければならないことはたくさんあるんですから」

今にも婚姻届を提出しそうな哉明を慌てて制止する。

「勝手に出したりしないでくださいね？　私も一緒に提出しに行きますから」

「わかったわかった」

こういう適当な返事をするときの哉明は要注意だ。

じっと睨みつけると今度こそ「勝手に出さないって約束するから安心しろ」と嘆息し、美都の隣に座り直した。

「……本当は少し、焦ってた。このまま美都が俺に見向きもしないんじゃないかって」

あまりにもらしくない弱音を吐露し始めたので、美都は驚いて覗き込む。

「私の顔色が読めるんじゃなかったんですか？」

「俺はただ観察しているだけだ。表情、仕草、視線の向きから、今考えていることを」

哉明は察する力に長《た》けているだけ。相手の心の奥底を、なんでもかんでも読めるわけじゃない。

「愛されてるかなんて、わかるわけないだろ」

「それを言うなら私だって。愛とか恋とかそういうのはよくわかりませんし――」

俯きながら応えると、不意に哉明が美都の手を握った。

「本当に、わからないのか？」

突然低い声で尋ねられ、ハッとする。見上げると、そこにあったのは鋭い眼差し。

哉明が絡めた指先を強く引き寄せ、美都の背中を抱きとめた。

「きゃっ」

優しく、けれど力強く腕の中に閉じ込められ、身動きが取れなくなる。

「俺を男として好きか嫌いか、それくらいならわかってるはずじゃないのか？」

顔を近づけて耳もとで、吐息を混ぜ込みながら囁きかけてくる。鼓膜を甘い声で撫でられ、途端に呼吸がしづらくなった。

今、自分を抱きすくめている彼はいつもの飄々とした彼ではない、そう気づき心臓が忙しなく動き出す。

「哉明、さん……？」

「言っただろ。嫌がられてないのはわかる」

そう言って美都の顎を持ち上げると、ゆっくりと顔を近づけてきた。

（嫌……では、ない……）

迷っている間にそっと唇が重なって、腕の力が抜けた。

哉明の先を欲しがるような性急な口づけに、がちがちに強張っていた体が弛緩《しかん》していくのを感じる。

勢いのまま首がかくんとうしろに倒れて、気づけばソファに転がされていた。

覆い被さる彼の獰猛《どうもう》な表情に呼応して、体温が上がっていく。

「この服はずるいな。脱がせたくなる」

哉明の手が肩に伸びてきて、カーディガンをゆっくりと下ろしていく。

タンクトップから細くて白い腕が覗いた。哉明はその腕を握り込み、ゆっくりと撫で上げる。高すぎる体温が、美都の素肌に直接流れ込んできた。

「そんな……普通の服です」

「普段露出をしないお前が肩を出してたら、嫌でも目がいく」

「出してません、ちゃんと上、羽織ってましたし」

「肩を動かすたびに肌がちらちら見えてんだよ。まったく、隙だらけだなお前は」

肩口に哉明が唇を近づける。じわりとした感触が、肌の上で遊ぶように動く。

熱が、美都の体の中で大きく膨らんでいく。

「その格好で俺以外の男に会うなよ」

突然鋭い声で念を押す。哉明はたまに別人のような顔をするのでドキリとさせられる。

「タンクトップは、はしたないですか?」

「そういう問題じゃないんだよ。ほかの男に美都の肌を見せたくない。狙われたらどうする」

首筋で囁かれ、まだ触れられてもいないのに呼吸が当たっただけでびくりと体が反応した。おもしろがるように、哉明が耳のすぐ下で問いかけてくる。

「もう美都は俺のものだろ?」

たまらず目を瞑った。考えるのを放棄した——わけではない。頭がオーバーヒートしたのだ。感情が美都の許容量を超えた。

「ほら。そうやってすぐ逃げる。俺をちゃんと見ろ」

仕方なく美都は瞼を開ける。待っていたのは予想通り、獰猛で艶めいた雄々しい目だ。

「いいんだよな？　美都を俺のものにしても」

漠然としたその言葉の裏に、どんな意図があるのか、鈍感な美都にも珍しくわかってしまった。

「……まだ婚姻届は提出していないので、正確には哉明さんのものではありません」

「もうすぐ名実ともに俺のものになる。……って認識でいいんだろ？」

「……そう、ですね」

ちらりとローテーブルに目を向ける。そこにある署名入りの婚姻届から、美都の意思は伝わっている。これ以上、拒む理由は見つからない。

「欲しい。美都を抱いて、全部俺のものにしたい」

とうとう核心を突いた台詞を口にされ、逃げ場がなくなってしまった。熱っぽい眼差しに取り込まれそうになる。

「哉明さんは、いつも急ですね」

「悪いな、俺は直情的だから。欲しいと思ったら、すぐ手に入れなきゃ気が済まない質なんだ。これでも我慢してるんだが」

哉明が美都の両腕を強く押さえた。顔を胸の上に持っていき、服の上からキスをする。

思わず「あ……っ」という吐息が漏れ、それを耳にした哉明はにやりと狡猾な笑みを浮かべた。

「怖い？」

「……はい。怖いです」

「それは嘘だな。恐怖以上に、好奇心を持ってるだろ？」

自分でも気づかなかった本音を言い当てられ、美都は目線をさまよわせる。

この先が気になる。哉明と一線を越えたら、どうなるのか――。

「……その、初めてなので。どうしたらいいのか、わかりません」

「なにもしなくていい。手取り足取り教えてやるから、感じるままに踊ってろ」

すると哉明が服の下に手を差し入れてきた。思わず「きゃっ」と声をあげて身をよじる。

攻め込んでくる指先から、なんとか身を守ろうと自身の体を抱きしめる。

しかし、今度はボトムスのウエストを外され、腰がびくっと跳ね上がった。

片足が浮き上がる。これが『踊る』ということ？　哉明のいたずらな指先に翻弄《ほんろう》され、体が勝手に動いてしまう。

「脱がせるぞ。嫌なら抵抗していい」

一方的にそう言い置いて美都のタンクトップをまくりあげる。熱い指先が胸の下部に触れ、思わず体が丸まった。といっても、上半身は押さえつけられているので、持ち上がったのは足の方だ。

予期せず哉明の体を脚で挟み込むような体勢になってしまい、「お、大胆だな」とからかわれる。

「ち、違います、これは……」

否定する間に指先を下着のさらに下に這わされ力が抜ける。彼の手が背中に回り込んできてホックを外す。

「どんなに乱れてもなんの法律違反にもならないから、気にするな」

そう言ってタンクトップを胸の上までまくりあげると、緩んだ下着をそうっと押し上げ、覗いた愉悦の蕾にキスをした。

「っ……!」

悲鳴が喉もとまで出かかる。まさかこんな明るい照明の下で胸を晒されるなんて思ってもみなかったし、いきなりそこにキスをされるとも予期しなかった。

「あ、あん……！　哉明さっ……！」

「ん？　ああ、美都だけ脱がせるのはフェアじゃなかったか？」

あえてなのか、やや的外れな解釈をして、自身のジャケットとカットソーを素早く脱ぎ捨てる。筋骨隆々とした体が美都に覆い被さってきた。

キャリアである哉明は現場勤務とは無縁のはずなのに、体はしっかりと鍛えられ、筋肉の線がくっきりとその身に刻まれている。

「これでいいか？」

そういう問題じゃないと、両腕で前を隠しながらぶんぶん首を横に振る。

「……なるほど。その顔は嫌がってないな？」

そう勝手に納得して、美都の上に体重をかけた。

（こういうときに限って都合のいいように読み違えてる！　っていうか、わざと⁉）

哉明が少し力を加えただけで、美都の背中は軽々と持ち上がる。上半身の服をすべて脱がされるまであっという間だった。

前を隠す腕を引き剥《は》がされ、哉明の瞳の中に緩やかな曲線が映る。

「綺麗だ、美都。ずっと見ていたい」

「やっ……あの、恥ずかしいので、見ないでっ」

羞恥心《しゅうちしん》が上限を超えた。か細く抗議を口にするも、今度は胸に唇を這わされ、思わず昂《たかぶ》った声が漏れる。

「ああ……んっ」

「そういう顔もするんだな」

普段はポーカーフェイスだからか、緩んだ美都の表情に、哉明が意外そうな顔をする。

「余計欲しくなった」

浮いた腰に手を差し入れ、ボトムスを脱がせにかかる。さらに下着まで奪われ、恥ずかしさから脚をきゅっとすり合わせた。

しかし、太ももの間に滑り込んできた手が美都の脚を押し開こうとする。

「あ……やだ……待って」

「待ってたら、心構えができるのか？」

それはないだろう。思わず沈黙すると「だよなあ。なら、待つだけ無駄だ」と指先で美都の花弁をつついた。

ひたりと濡れた感触がして、次に押し寄せてきたのはとてつもない快楽で。美都の顔は途端に力が抜けて蕩ける。

「痛いか？　って、そんな顔じゃないな」

「ふ……ん……」

その心地に酔いしれて、目を閉じた。喉の奥から素直な吐息が漏れる。

「こんなときだけわかりやすくて助かる」

甘くてしっとりとした哉明の声が聞こえる。熱情を押し殺すように低く掠《かす》れた、真摯《しんし》な声。それを聞いていると、身を任せてもいいと思えてくる。

「哉明さ……私、どうしたらいいの……？」

体の感度がおかしくなり、少し触れられただけでびりびりして、意識が飛んでいきそうだ。

「どうもしなくていい。愉しんでろ」

この状況を愉しむなんて無理だ。そう思いながらもいつの間にか脚の力が抜け、彼の指先の動きに合わせて体が揺れていた。

興奮から涙が溢れてきて、ゆっくりと目を開けると、滲む視界の中、猛々しい目がじっと美都を観察し続けていて。

「そんな不安そうな顔、してくれるなよ。信じて目を瞑っておけ」

その言葉に従った途端、美都の体はあっという間に極まってしまった。

哉明はまだ終わらせるつもりはないようで、蕩けてくたくたになったその身を抱き上げ、これからと言わんばかりに体を押しつける。

膨れ上がった強欲を突き立てられ、美都の喉の奥から掠れた吐息が漏れた。

すべてが終わる頃には眠気のような眩暈《めまい》のような、ふわふわとした感覚に包まれていて、今度こそ深く目を閉じた。


キスで目を覚ました。意識が途切れる前はリビングにいたはずなのに、いつの間にかベッドの上にいて、薄手の毛布がかけられている。

しかも美都の部屋ではない。哉明の寝室だ——そう理解できたのは、隣に一糸纏わぬ彼が寝転んでいたからだ。

「おはよう、美都。まだ五時だが、シャワーを浴びたりしたいだろうと思ったから、早めに起こした」

ぼんやりと白み始める空。柔らかく部屋を包み込む光に、甘くて低くてまろやかな彼の声。そしてもう一度唇にキスをされ、今度こそ意識がはっきりとする。

こちらを覗き込んでくる優しい眼差しを見て思い出した。婚姻届に署名したあと、彼に体を預けたんだ。

「おはよう、ございます」

裸の自分と裸の彼。異常事態とも言うべきなのに、なぜかいい朝だと思った。

羞恥心は湧き上がってこない。一応体には毛布がかけられているし、なんなら彼も同じ格好をしているし、今さらというのもある。

それ以上に、昨夜の感想が気になった。哉明は満足してくれたのだろうか。彼の期待に添えたか。

「あの……」

聞こうとしたけれど、言葉が出てこない。なんと聞けばいいのかわからない。

「どうした？」

哉明が気遣わしげに尋ねてくる。『どうした？』——十二年前のあのときの記憶と、今の彼の表情がシンクロした。やはり彼は、頼もしくて優しい。

なにも言えずにいると、彼は穏やかな笑みを浮かべ、美都の頬を撫でた。

「体は？　どこか痛くないか？」

「……平気です」

「無理はするな。一日くらいシャワーを浴びなくても平気だし、朝食を抜いても死なない。もう少し寝てろ」

体がどうこうというわけではないけれど、もう少し眠っていたいのは確かだった。

哉明の隣にいたい。毛布から覗く彼の上半身が、とても綺麗で、逞しくて、もう少し眺めていたくなる。

（男性の体を見ていたい、なんて……考えたこともなかったな）

こんな感情は生まれて初めてで、すごく不思議な感覚だ。

「もう少し、ここにいてもいいですか」

「好きなだけここにいろ」

そう言って、美都の頭を丁寧に撫で、髪を梳く。

「優しいんですね」

「ベッドの中だけ優しいみたいに言うなよ」

「違うんですか？」

「ふざけるな。俺はいつでも優しい。お前こそ、こういうときだけ懐きやがって」

むくれて美都の頭をくしゃくしゃとかきまぜる。きゅっと毛布を巻いて縮まると、哉明は「猫みたいだな」と声をあげて笑った。

「猫、は言われたことがあります」

「それを言ったのは男か？　二度とそいつに近づくな」

「お義母さんですよ。ロシアンブルーみたいに凛としてるわねって」

「あの灰色のシュッとしたやつか。俺の中では黒猫だな。ツンとして全然懐かないやつ」

そう言って美都の真っ直ぐな黒髪を撫でる。髪の色もあって黒猫なのかもしれない。

「哉明さんは……ライオンみたいです」

大きな体にどっしりとした貫禄、精悍な顔立ち。ときにぎらついた目を見せるあたり、まさに百獣の王だと思う。

「お。同じネコ科でよかったな」

同じ分類でも大きさが随分違うけれど。ライオンが猫に発情したら、小っちゃな猫がなんだかかわいそう……いじめだ、そんなことを思い、ぶるっと身を震わせた。

「なんだか、つらい気持ちになってきました」

「は⁉　なにを想像してるんだお前は」

いわれのない非難に哉明が上半身を持ち上げる。丸くうずくまっている美都をぎゅっと抱き寄せた。

「俺をどんな男だと思っているのか知らないが、結婚するからには幸せにする」

彼の腕の中でぴくりと震える。その言葉が意外だったのと、目の前にある彼の胸板に驚いてしまったのと。

呆然としたまま、彼の胸にきゅっと頭を寄せる。この体勢もなんだか悪くない気がしてきた。なにより温かい。

彼の鼓動の音を聞いていたら、次第に眠気がやってきて意識が遠のいた。疲れが取れていない上に、まだ朝の五時で普段なら眠っている時間だ。

そんな美都に気づかない哉明は、引き続き決意を述べ続けている。

「――形だけの結婚にするつもりはない。なんだかんだ言ってきたが、俺は本気だし、これまでの言葉も全部本心だ。俺はお前を愛して――って、聞いてるか？　おい、人が真面目に愛を語ってる最中に寝るなよ！」

哉明の本気のプロポーズは、残念なことに美都の耳には届かないまま終わった。

第五章　俺の愛しい黒猫

隣ですやすやと規則正しい寝息を響かせる美都を見つめ、哉明は小さく息をつく。

（条件が合えばいい、その程度に考えていたんだけどな）

いつの間にか、美都を手放せなくなっている自分がいた。

なにをおいても彼女が欲しい。手に入れたい。生まれて初めて味わう未知の執着心に、自分が一番驚いている。

（強引に婚姻届を書かせて抱くって。一歩間違えれば犯罪だろ）

もちろん彼女の同意は得たが……同意してくれてよかったと心底思う。あの欲情を抑え込む自信はなかった。

（……正直、彼女とはもう少し淡泊なセックスになると踏んでいたんだが）

ベッドの中でも彼女はマイペースで、頬を赤らめてはにかむ程度――だと思っていたのだが。

（あれは……質が悪い！）

彼女の蕩けた顔を思い出し、一度は収まったはずの激情が蘇ってきた。

潤んだ瞳に、物欲しげに開閉する唇。腰が優美な曲線を描いて揺れ、律動に従い脚がしなやかに舞う――とんでもなく卑猥《ひわい》で、美しい。

白くて艶やかな肌が刺激を与えるにつれ、ふんわりと桃色に色づいていく様は、目を疑うほど魅惑的だった。

『あ、あん……！　哉明さっ……！』

彼女の声が脳内で再生され、口もとを押さえる。

あんなにも我を忘れて女性を貪《むさぼ》ったのは初めてだ。かつてないほど満たされたセックスだった。

(あんなもの、ほかの男に奪われてたまるか)

美都にとって初めての男が自分で、心の底からよかったと思った。

(ほかにいたなら、息の根を止めてたな)

冗談にしては物騒なことを真顔で悶々《もんもん》と考える。美都のあの顔を知る男は自分だけでいい。

「悪いな、美都。観念してくれ。もう手放せない」

そう苦笑して、あどけない顔で眠りにつく美都の唇をついばんだ。

彼女はむにゃむにゃと眠たそうに呻《うめ》いたあと、ふんわりと口もとに笑みを浮かべる。

（ここでその顔は反則だろ）

哉明は大きく肩を落とし、美都を抱きすくめて目を閉じた。

三十分経つと美都は起き出し、シャワーを浴びに行った。

手早く済ませたようで、六時には生乾きの髪のままリビングでヨガを始める。

すらりと天に伸びる腕、しなやかな腰、柔らかな股関節、足の指の先まで緊張が行き渡り、凛としている。

それを無心で見つめるこの時間が、最近の哉明のお気に入りである。

（相変わらず、美しいな）

芸術作品のように繊細で麗しく、アスリートのようにストイック。

求婚した理由は様々あるが、本能的に彼女が欲しいと感じたのは、こうやって時折見せる真剣な表情に惹かれたからだ。

（真っ直ぐで、ひたむきで、懸命に生きている。それがこのしなやかな姿勢に表れている）

スポーツは生き様を表すと哉明は思っている。地道に努力を積み重ねられる人間は、それが競技への向き合い方に表れるのだ。

かくいう哉明も高校時代は水泳で都大会に出場した。受験に注力するために辞めてしまったが、今でも泳ぐと真っ新な気持ちに戻れる。

気がつくと六時二十分。美都がヨガマットを片付けながら哉明を睨む。

「またずっと見ていましたね」

「綺麗だったからな」

「お世辞ばっかり言われても困ります」

本音にもかかわらず、美都は一向に信じようとしない。自身の美しさにまったく気づいていない。

(だから自然体でいられるんだろう)

気取らず美しい、ありのままの美都が好きだ。しかし哉明のこんなにも一途な恋心は、まったく本人に届いていない。

ヨガが終わると美都は朝食作りを始めた。ひとつひとつの作業を丁寧にこなしていく。淡々と、だが面倒くさがらず手を抜かず、黙々と野菜を切っていく姿が哉明は好きだ。

(朝食なんてまともに食べたの、いつぶりだ?)

夜遅くに帰宅し、朝は水だけ飲んで慌ただしく家を出る。そんな不摂生を続けていたからだろうか、美都を見ていると背筋が伸びる。

（こまめに掃除をしたり、アイロンをかけたり。とにかく働き者なんだよな、美都は）

日中は働いているのだから、家の中ではもっと怠《なま》けてもらってもかまわない。

だが本人は苦労を苦労と思わない質らしく、なにを言ってもスンとしている。

今朝は洋食のようで、トーストの香ばしい匂いがリビングに漂ってくる。和洋中、哉明が飽きないように変化をつけてくれているらしい。頭が下がる。

「あの、哉明さん」

トーストを食べていると、ふと美都が切り出した。

「もっと遅くまで寝ていてくださっても大丈夫ですよ？　お食事ができあがったら起こしますから」

哉明まで一緒になって六時に起きるので、心苦しく思っているのかもしれない。

（新妻の一生懸命な姿を眺めるのが、ささやかな楽しみだっていうのに）

と素直に言ったところで首を傾げられるのは目に見えているので、ごまかすことにした。

「単にヨガを見られたくないだけだろ」

「それはっ……だいたい、六時に起きて私のヨガを見ている必要なんてまったくないんです。夜だって遅いんですから、もっとゆっくり体を休めていただいて――」

「生憎、ショートスリーパーだから四時間寝られれば充分なんだ。朝は情報収集の時間にあててるから気にするな。ヨガを見るのはそのついでだ」

実際、携帯端末を片手に美都を眺めている。画面より美都を見つめている時間の方が長いけれど。

「逆に提案させてもらうが、朝食の手を抜いて三十分長く眠っていた方がいいんじゃないか。あるいは夕食をデリバリーにして時間を捻出するとか。お前、いつも忙しそうにしてるだろ。もっと怠けたって罰は当たらない」

なんとなく答えを予想しつつも、尋ねてみると。

「趣味のようなものですから」

「料理が？」

「……いえ。納得した生活をするのが、です」

なるほど、と頷く。日々のタスクをきちんとこなすことに満足感を得るタイプか。

夕食を作るなと言ったら、楽をするどころかそわそわして落ち着かないのだろう。

「もちろん、哉明さんがデリバリーの方が口に合うと言うんでしたら――」

「言わない。美都の作る料理の方がおいしい」

「そう……ですか」

美都がぱちぱちと瞼を上下させ、目を逸らした。ツンとした顔をしつつも、わずかに目もとが緩み、唇があひるのようになっている。

（これは……照れてるな）

うまく表情に気持ちを乗せられないところがまた一段とかわいらしい。

美都という沼にずぶずぶとはまり始めているのは自覚していて、いつしか聞こえのいいプロポーズは本心に変わっていた。

「だが、うまく手を抜けよ。忙しかったり、体調がよくなかったりするのに頑張る必要はないからな」

すぐ無理をするタイプだろうと踏んで念を押す。

美都は納得したように「はい」と頷き、口もとを緩ませた。

（……調子が狂うな）

いい意味で。心中で悪態をつきながらも顔が綻《ほころ》ぶ。彼女は哉明のささやかな日常を幸福に変えてくれる。

「素直だよな、お前は」

「え……？　そうですか？」

「ああ。わかりやすい」

わかりにくいと言われることの方が多いのだろう、彼女は首を傾げている。

(俺だけわかればそれでいい)

「ごちそう様」

食器をキッチンに運び、ざっと洗い流したあと食洗機に放り込む。

「あとは私が――」

「このくらいはできる」

せめて彼女の負担が減るように努めたあと、身支度を整え家を出た。

＊＊＊

哉明が警察官になりたいと思ったのは、幼い頃に巻き込まれた事件が原因だ。

家に強盗が押し入り、五歳の哉明と母親を人質に立てこもった。母親は哉明を庇い怪我を負い、今も首筋に大きな傷跡が残っている。

その傷が目に入るたびに哉明は固く決意する。犯罪者は絶対に許さない、大切な人たちをこの手で守りたいと。

同時に哉明に大きな影響を与えた人物がいる。叔父の獅子峰竜次《りゅうじ》、現警視総監だ。幼い哉明から見て、警察官である叔父は英雄だった。母を傷つけた犯人を捕まえてくれたのも、当時捜査本部にいた叔父だ。

叔父は帝東大を出て警察庁へ入庁。順調に出世を遂げ、長官官房長となり警察庁長官を目指すか、警視庁のトップとなるかの岐路に立ち、後者を選んだ。

彼のようになれば信念を貫ける、そう信じて同じ道を辿り警察庁へ入庁した。

順調に出世コースを歩み、ＦＢＩに二年間出向して帰国。現地での功績を買われ、今年新設された部隊の指揮を任された。

警察官としてのキャリアは順調。

一方プライベートはというと、日本に戻ってきてしばらくした頃、縁談の話が舞い込んできた。相手は父親が世話になっている弁護士の娘だという。

（各業界にコネクションを持つ弁護士か。経験豊富で優秀な人物だと聞く。繋がりはあって損はない）

経営者である父は哉明に後を継がせたがっていたが、息子の意思を尊重し警察官となる道を後押しした。

そんな父に感謝している哉明にとって、この政略結婚は恩を返す絶好の機会だ。

幸い、心に決めた女性もおらず結婚に頓着もない。前向きな気持ちで弁護士の娘との顔合わせに向かった。

待ち合わせをしたホテルのラウンジに現れたのは、上品なワンピーススーツを身に纏った淑女。歳は哉明より少し上だろうか。

「初めまして。喜咲杏樹と申します。本日はわざわざお越しくださり心よりお礼申し上げます」

随分と落ち着いた雰囲気の女性だ。歳が少し上どころか、かなり上なのでは……？

さらに左手の薬指に輝くリングに違和感を覚えた。まるで結婚指輪だ。縁談だというのに、その指にはめてくるだろうか。

「初めまして。獅子峰哉明です」

名乗った瞬間、彼女がずいっと顔を寄せてきた。哉明をじっと覗き込んで、鈴を転がすような声でふふっと笑う。

「長身、目の下のホクロ、とっても格好いいお顔。ふふふ。美都ちゃんの言った通りだわあ」

「……あの。美都ちゃん、とは」

「ああ、ごめんなさい。美都ちゃんはわたくしの娘ですのよ」

さすがに耳を疑った。

（彼女には娘がいるのか。この人、いったいいくつだ？　というか、俺はいきなり父親になるのか？）

困惑していると、彼女は深々と腰を折り、頭を下げた。

「娘を助けていただきありがとうございました」

「……は？」

「十二年前、娘が中学生の頃、痴漢から助けていただいたとか。お陰様で、娘は今年二十七歳になりました」

中学生、痴漢——そのワードに心当たりがあり、あれか？と首を捻る。確か大学生の頃、痴漢被害に遭っていた子を助けた覚えがある。

これまで女性を何人か痴漢から助けたが、中学生は彼女だけなのでよく覚えている。

「……つまり、俺の縁談の相手はあなたではなく？」

「もちろん。わたくしの娘でございます。正しくは義理の娘になりますが」

彼女の事情を聞く。なにをおいても幸せにしてあげたい義娘。たくさんの縁談を用意したけれど、興味を持ってもらえず、唯一聞き出せたのが哉明の存在だったという。

「娘はきっとあなたに恋をしているんだわ」

「恋……ですか。さすがにそれはないんじゃないでしょうか。当時、彼女は中学生だったようですし」

「理屈じゃないんですよ」

彼女は口もとを押さえ、上品に微笑む。

「そのときは気づかなくても、再会すればきっと恋に落ちる。わたくし、哉明さんが美都ちゃんの運命の人だと信じているんです」

彼女の直感、なのだろうか？　返答をしかねていると、彼女は立ち上がり、深々と頭を下げた。

「父を餌にお会いするような真似をして、申し訳ございませんでした。ですが、どうか一度娘と会っていただけないでしょうか。とても品行方正なよい子で、キャリア警察官でいらっしゃる哉明さんにぴったりだと存じます」

「……わかりました。ですから、顔を上げてください」

過去に助けた真面目そうな少女――もちろん恋愛感情などないが、成長した姿は見てみたくもあった。

（あの子が二十七歳か……もうすっかり大人の女性だな）

どんな女性になっているか、想像もつかない。

「美都さんにお会いしてみます」

まずはそれからだ。結婚に踏み切るかどうかは、彼女に会ってから決めればいい。

「それにしても、娘さんも一緒にいらっしゃればよかったのに」

そうすれば話が早かったのではないか。

すると彼女は「そこは事前にお伝えしたいことがたくさんありましたの」と身を乗り出した。

「美都ちゃんはとてもシャイなんですの。表情はクールですけれども、真面目で礼儀正しい子で……ああ、でも見た目は期待してくださって大丈夫ですのよ？　とても美人で、モデルさんのようなスタイルですから――」

突然始まった娘語り。義理の娘というから裏があるのかと思いきや、ストレートな溺愛ぶりがうかがえる。

さぞ大事に育てられたのではないか。この女性のように淑やかで華やかさを持つ女性に育っているかもしれない。〝クール〟という表現がやや気になるが……。

＊＊＊

（で、実際に顔を合わせたのが美都なわけだが）

朝、庁舎へ車を走らせながら、ぼんやりと回顧する。

杏樹の言う通り、美しい女性だった。〝クール〟がやや度を超えていたが、表情を読めるようになった今は、それほどとも思わない。

内面は照れ屋でかわいらしい。出会った頃の印象と重なる部分もあって、見ていて微笑ましい気持ちになる。

警視庁で働いているとは予想外だったが、周囲の人間からの評判も上々だった。条件としては完璧な女性。あとは添い遂げる覚悟ができるか、直感による判断のみなのだが――。

「運命の人、か」

奇しくも杏樹が口にした表現を、哉明自身が使っている。

哉明の足りない部分を穴埋めするかのように、美都という存在がぴったりとはまった。今、哉明の生活はこれまでにないほど満ち足りている。

「幸せにしてやらないとな」

昨夜の彼女の蕩けた表情を思い出し、頬を緩ませる。あの真面目そうな彼女が、自分に心を開き、身を任せてくれたのだ。

美都からぼんやりとした好意は感じ取っていたが、ようやく確証が持てた。これからは身も心も、それこそ全身を使ってたっぷりとかわいがってやらなければ。

幸せにしてやりたい――いや、幸せにするのは自分でありたい。彼女を幸福にする権利にすら独占欲を覚える。

「……それにしても、ジュエリーはやりすぎたか？」

笑顔のひとつも見せず、警戒しきりの美都の心を開きたくて、つい強硬手段に出てしまったが、そもそも金品で心が動くような女性ではなかった。

『そんな高価なジュエリーなんてもらわなくても私は――』

彼女の言葉を思い起こし、笑みを漏らす。

「……本人は、まったく気づいていないみたいだが」

少しずつ教えてあげる必要がある。その感情が〝恋〟というものであり、やがては〝愛〟に変わっていくことを。

「まさか、俺が愛どうこうを語る男になるとはな」

庁舎の連中が聞いたら笑うだろう。なにしろ哉明は、剛腕と周囲から恐れられているような仕事人間なのだから。

哉明が所属しているのは警察庁サイバー特別捜査部。

その中でも今年、FBIのやり方に倣った独自の捜査機関『サイバー特殊捜査隊』、俗称『CIT』が発足し、哉明は隊長を任された。

FBIに出向中、国際指名手配されていたサイバー犯罪グループの逮捕に貢献し、その功績が称えられ、史上最速で警視正に昇格した哉明。隊長に就任したのは必然と言える。

サイバー犯罪でいえば、日本とアメリカの捜査力は雲泥の差。予算や人員はもちろんだが、最大の問題はノウハウのなさだ。

その点、哉明には本場で培ったスキルと経験がある。日本の捜査レベルの引き上げを期待されているのである。

哉明は登庁後、すぐに捜査員たちのいるフロアへ向かった。

日本の警察組織といえば、リーダーは個室でふんぞり返り報告を待つもの。まずそこがアメリカとの違いだ。指揮官たる哉明は、常に最前線に出向き指示を出す。

もちろんサイバー捜査の最前線は現場ではない。情報端末を集積しているここ、捜査本部だ。

大きなフロアを端末で埋め尽くし、正面には大型モニターを設置。別室には物々しい機器が山積みされている。

短時間に膨大な情報を処理するため、機材も大量になってしまう。排熱により放っておくと部屋がサウナ状態になるため、エアコンは常にフル稼働だ。

「例の件、進展はあったか？」

哉明が副隊長の柳川翔子《やながわしょうこ》に声をかける。二期下の女性でキャリア組、哉明とはＦＢＩの研修施設で一緒だった。まだ若く経験は浅いが、哉明の行動を先読みする頭脳を持っている。手足のように動いてくれる優秀な部下だ。

「依然膠着《こうちゃく》状態です。企業側が金で解決させるのは時間の問題でしょう」

大企業を狙ったサイバー攻撃が今月に入って三件。いまだ犯人を特定できずにいる。

サーバーを乗っ取られた大企業は、解放と引き換えに多額の身代金を要求される。データの漏洩や消失を恐れ、多くの企業はお金を払ってしまうのだが、それが犯罪者を増長させている。

もちろん対外的には金銭の要求に応じたことは伏せられていて、報道こそされないが、こっそりと身代金を支払っているであろうことは、ＩＴに詳しい人間であればわかるだろう。

「時間切れまでに尻尾は掴んでおきたいな。三件の規則性は？」

「手口の似た犯罪集団をピックアップしています。タイミング的にも十中八九彼らかと」

前方の大型モニターにデータが表示される。

組織名『TSUBAME《ツバメ》』——今年に入って勢力を伸ばし始めたクラッキング集団だ。革命を謳《うた》っており、日本のシステムの脆弱性に警鐘を鳴らすのが目的だとかなんとか。

つまり、哉明率いるCITに喧嘩《けんか》を売ってきている集団である。

「構成員と思しき人物の絞り込みに成功しています。あとは時間の問題です」

「悠長なことは言ってられない。上も焦ってる。四件目が起きたら、俺たちの首はないと思え」

「……特定を急ぎます」

哉明の威圧に柳川がごくりと息を呑んだのがわかった。

部下に無駄なプレッシャーを与えるつもりはないが、時間は有限だ。気を引き締めてもらわなければ困る。

「別件の捜査員を回せ。短期決戦だ。絞り込んだ人物、片っ端から徹底的に洗え。ひとり崩せば捜査が格段に楽になる」

「わかりました」

「俺はこれから特捜部長殿のもとへ報告に行く」

特捜部長と聞いて、柳川は眉間に皺を寄せた。

サイバー特別捜査部部長、鎌亀洋一《かまかめよういち》、五十二歳。階級は哉明よりひとつ上の警視長だ。

仕事はできるがそれ以前に悪名が高く、出世のためには手段を選ばず強引な捜査手法を取ると有名だ。パワハラから精神を病んで辞めていった部下も複数いると聞く。

彼が周囲からどういう目で見られているのか、ムスッとした柳川の表情が代弁してくれている。

「獅子峰さんを目の敵にするあの男に、ご丁寧に情報を流すのですか」

組織としては、特捜部の下にＣＩＴが配置されている。だが特捜部から見れば、ＦＢＩかぶれの独自の捜査機関など目の上のたんこぶでしかない。

加えて、鎌亀と哉明には二十年分に相当する階級差があり、自分より格下の隊長が率いる部隊が期待の新星だとか精鋭だとか言われて、ちやほやされている状況が好ましいわけがない。

鎌亀はＣＩＴなどさっさと潰れればいいと思っているのだ。

「仕方がないさ、俺たちにお株を奪われたんだ。仲良くしてくれって方が無理がある」

「くだらないこと、この上ありませんね。連携すれば、もっと早急に解決できるでしょうに」

「結果を出すしかない。俺たちが早々に事件を解決すれば、あちらは潰すより利用することを考えるようになる」

さらに先を見れば、ＣＩＴが評価され、独立した部になれば動きやすくなるのだが。それが哉明の最終目標でもある。部長としての地位を築かなければ、自由な捜査は難しい。

「あちらも独自に捜査はしているでしょうに。あえて情報は開示しないでこちらの情報だけ吸い取って手柄を横取りするつもりなんですよ」

「だからこそ出し抜けるってもんだ。あちらさんに流す情報をコントロールすればいい。騙そうと思えばいくらでも騙せる」

さらりと言いのけた哉明に柳川は、「獅子峰さんだけは敵に回したくありませんね」と頬を引きつらせた。

「行ってくる」

強かな笑みを浮かべて哉明は捜査本部を出た。

その日の夜、二十二時。玄関に出迎えがないと思ったら、美都は入浴中らしい。

哉明は自室でジャケットを脱いだあと、キッチンに向かい水分を補給した。

夕食は餃子と野菜スープだったようだ。仕事から帰ってきて疲れているだろうに、手のかかる餃子を作るのだから頭が下がる。

「手を抜くことを知らないのか？　あいつは」

そう苦笑して、残っていた餃子をありがたくいただく。

ついでに以前頼んだハウスキーパーが入れておいてくれたらしいハイボールのロング缶を冷蔵庫から取り出す。

妻の手料理をつまみに晩酌とは、なんとまあ贅沢《ぜいたく》になったものだ。美都が来るまで食事などまともにとらなかったのに。

「幸せ太りも時間の問題だな」

ジム通いを増やした方がいいかもしれない。

そんなことを考えながら缶を開けていると、背後から足音が近づいてきた。

「哉明さん、帰ってらっしゃったんですね。お先にお風呂をいただきました」

愛らしい黒猫が頭の毛を濡らしたままやってきた。思わず目もとが緩む。

「ただいま。餃子、もらってるぞ」

「どうぞ召し上がってください」

哉明のために残しておいたのだろうが、なんの感慨もない様子でスンと答える。

しかし、ちらりとこちらの様子をうかがっているところを見るに、口に合ったか気にはなっているのだろう。

「うまいぞ」

「……それはよかったです」

美都が背中を向けて俯く。一瞬、口もとをふんわりと綻ばせていたのが見えて、かわいいなあとしみじみ餃子をかみしめた。

美都はキッチンに入り、グラスを手に取った。ふと振り向き、テーブルの上にあるハイボールに目を向ける。

「お前も飲むか？」

美都はほとんど酒を飲まない。本人に聞いても、嫌いではないが好きでもない、あえて飲む必要はない、というドライな返答が来ただけだった。はずなのだが――。

「……少しだけ、いただきます」

どんな心境の変化だろう、空のグラスを持ってやってきて、哉明の隣に座った。

ソファにこうやって横並びになるのも、美都から来るのは初めてだ。

（警戒心の強い猫が、ようやく俺に懐いた）

「お前、とことんかわいいな」

「は？　なんです、急に？」

「いや。こっちの話だ」

そう言って缶を持ち上げ、美都の手の中のグラスに注ぐ。

「ほんのちょっとでいいです」

「遠慮すんな」

「って、全部注いでるじゃありませんか」

「飲めなかったら飲んでやる」

美都は戸惑った顔でグラスを見つめていたが、覚悟を決めたのか、ぐいっと喉に流し込んだ。ごくごくと気持ちのいい音を鳴らし、ぷはっと息をつく。

「いい飲みっぷりだな」

「ハイボールを、生まれて初めて飲みました」

「そうなのか？」

「家でお酒は飲みませんし、外では人に付き合ってビールを一杯いただくくらいなので」

風呂上がりの一杯が想像以上においしかったのかもしれない、キラキラした目をグラスに向けている。

「これも一緒に食べるとうまいぞ？」

そう言って餃子をひとつ、美都の口に運ぶ。

咀嚼したあと間髪をいれずハイボールを飲み、ごっくんと大きく喉を上下させた。

「おいしい」

「だろ？」

よほど気に入ったのか、美都がハイペースでグラスを空ける。

これはまずい。餃子とハイボールという中毒性の高いコンボを教え込んでしまった。

飲んだくれたりしなければいいのだが。

さっそくアルコールが回ったのか、美都が頬を赤くしてふわふわし始める。

少々行動がおかしい。手を上げて、にょーっと伸びをする。まさに猫のようで思わず笑みがこぼれた。

「どうした？」

「今日はパソコン仕事が多かったので、体が固まっていて。血流がよくなった今なら、ストレッチが効く気がして」

「いや、それ、むしろ危ないんじゃないか?」

風呂に入って飲酒してストレッチなんて、よろしいわけがない。

哉明は美都の背中に手を伸ばし、肩甲骨のあたりを指先で押してやった。美都の体がぴくんと反応する。

「軽くマッサージしてやるから、ストレッチはやめとけ」

「んっ……」

よほど気持ちがよかったのか、美都が目を閉じて脱力する。

(思考を放棄したな)

しばらくは大人しく背中を向けていたが、肩のあたりを揉《も》んでやるとふにゃりとして、ソファの背もたれに寄りかかった。

引き寄せると抵抗もせず、ころんと哉明の膝の上に転がる。

(おお……)

懐かなかった猫がとうとう膝の上に乗った。ある種の感動と達成感を覚える。

だが当の美都はかなり酔いが回っているようで、目が真っ赤でとろとろになっている。

「酒、弱いんだな」

飲まないから弱いのか、弱いから飲まないのか。

お腹を撫でても抵抗ひとつしないので、次第に心配になってきた。

「……大丈夫か？」

ふと急性アルコール中毒の不安が頭をよぎった。しばらく経ってもへにゃへにゃのままの美都を抱きかかえ、自室のベッドに連れていく。

「おーい。美都？　生きてるかー？」

具合が悪いわけではないようで、顔色は良好だ。気持ちよさそうにむにゃむにゃ寝返りを打っているが、哉明の言葉に応答しないのがやや心配である。

「こんなの、怖ろしくて外じゃ飲ませられないな」

哉明がいない状況でこうなったら、悪い輩《やから》にいたずらされかねない。

起きたら厳重注意しようと心に決めながら、キッチンにミネラルウォーターを取りに向かう。

「おい、美都。水を飲め」

声をかけるもやはり反応はない。仕方なく哉明は自身の口に水を含んで、口移しで飲ませた。

「ん……」

美都がわずかに唸る。こくりと喉が動き、無事に飲み込んだとわかった。むせないように時間をかけて二口、三口と続ける。グラスの水が少なくなったところで美都が目を開け、「ふふふ」と笑った。

「美都。起きてるのか？　水を飲め、楽になる」

しかし、美都はゆったりと微笑んだままで——まずこの表情が激レアなのだが——やがて哉明の目を見て、甘えるように囁いた。

「もっと、ください」

そう言ってねだるように目を閉じ、口を半開きにする。

「……実に質が悪いな」

絶対に外で酒を飲まないよう強く、強く強く念を押しておこう、そう固く決意する。

「その顔、俺以外に見せるなよ」

そうぼやきながら、最後の水を口に含み、美都に覆いかぶさる。

唇だけじゃなくて手も出た。水を流し込みながら胸の膨らみに手を添えると、美都は「う……ん……」と気持ちよさそうに呻いて、口の端から水を溢れさせた。

「抱くぞ。酔ったお前が悪い」

まともな返答は期待していなかったが、一応は尋ねてみると。

「いいですよ」

ふんわりと笑みを湛えて、素面のときよりもよほどしっかりとした口調で哉明を誘惑してきたので面食らう。

（……いや、別人すぎるだろ）

はっきりと同意をもらったというのに逆に不安になってくる。これはある種の酩酊状態なのではないか。

躊躇っている間に、美都の腕が伸びてきて首筋に絡まった。

「っ、て、おい」

「してくれないなら、私からしちゃいます」

甘えるようにそう言って、哉明の顔を引き寄せ唇を奪う。ちゅっとかわいらしい音を鳴らしながら、必死に唇をついばんでくる。

あまりのかわいさにタガが外れた。

「同意とみなすぞ」

そう宣言して服を脱がせにかかる。艶やかな白い肌が今はほんのり桃色に染まっていて、まるで熟《う》れた果実のようだ。

柔らかな曲線に手を添わせる。意識しているのかいないのか、哉明の動きに沿って美都が甘い吐息を漏らす。

「……たまらないな」

昨夜の照れて恥じらう姿もかわいらしかったが、蕩けて弛緩した姿も極上だ。

緩やかな弧を描く胸に、誘われるかのように唇を這わす。昨夜は発してくれなかった甘い嬌声をあげ、美都が胸を差し出した。

「あ……ん……かなめさ……きもちいい……」

「……たまに飲ませるか」

俺の前だけでなら。そんな企みを抱きながら、昨日に続いて美都を容赦なく抱き尽くした。


「おはよう美都。六時だぞ」

すやすやと眠る美都の耳もとに囁きかける。やがてハッと目を覚まし、焦ったように辺りを見回した。

今日も素肌に薄手の毛布を巻いている。昨日と同じ状況に戦慄《せんりつ》したのか、美都がぷるぷると震え出した。

「……哉明さん、大変です。記憶がありません」

「記憶がなくなるタイプか」

　余計に危なっかしい。

　美都は素肌を隠しながら、毛布に口もとを埋めてぽつぽつと語り始める。

「いえ……少しだけ、覚えてます。ここまで運んでもらったこととか……水を、飲ませてもらったこととか……それから、ええと……その」

　言い淀《よど》んで真っ赤になる。

「安心しろ。その記憶で全部だ」

　しっかり覚えていて安心した。哉明は上半身を起き上がらせ、床に落ちていたスラックスを拾い上げる。

　結局美都を抱き尽くしたまま眠ってしまった。まだシャワーも浴びていない。

「シャワー、浴びてくる」

　そう言って立ち上がろうとすると、美都がじっと哉明を見つめていることに気づき動きを止めた。

「どうした？」

　返答はなく、ただ物欲しそうに哉明を見つめている。まさかと思いつつも、顎を持ち上げ、そっとキスをした。

「おはよう」

「……おはようございます」

頬を赤く染めた美都が、小さな声でうっとりと呟く。

(おはようのキス待ちかよ)

かわいすぎて悶えそうになる。

せっかく一晩かけて落ち着いた体が、再び昂ってきた。仕事仕事、そう自身を律してシャワーに向かう。

(さすがに毎日酒を飲ませるのは……まずいか?)

さっそく今晩の予定に思いを巡らせている哉明である。

今夜はワインと生ハムでも買ってきてやろうか、そんな悪い企みが頭をよぎった。


それから一週間後。哉明は早朝に連絡を受け、急ぎ登庁した。

美都のヨガも見られず気分はあまりよくない。だがそれ以上の緊急事態が起きてしまったので仕方がない。

捜査本部に到着するなり、ひと足先に到着していた柳川がタブレット端末片手に蒼白になって報告する。

「警視庁のサーバーが攻撃されました」

よりにもよって警視庁が犯罪集団の手にかかった。警視庁はもちろん、警察庁にとってもとんでもない失態だ。

「情報の漏洩は？」

「外部に接続されていなかったので、幸いにも漏洩はありませんでしたが――」

「逆に言えば、内部犯ってことか」

警視庁独自ネットワーク内での犯行。インターネットには繋がっていない閉じられた空間なので、外部への情報漏洩は免れたが、逆に言えば、犯人は直接建物内部に侵入し悪意あるプログラムを仕込んだことになる。

警視庁のサーバー室に犯人が潜り込んだということだ。

「被害は？」

「サーバーが一台修復不能になりました。データ自体はバックアップがありますので、機器を取り寄せ次第復旧できるとの見込みです」

「金銭などの要求は」

「今のところありません。……正直、犯人の目的がわかりませんね。こちらをおちょくっているとしか思えません」

前代未聞の挑発行為だ。警察組織のずさんさ、そして自分たちの技術力を誇示したかっただけ、そうとしか思えない。

捜査員のひとりが声をあげる。

「痕跡を解析した結果、犯罪集団ＴＳＵＢＡＭＥのフレームワークと九割一致しました」

「つまり、警視庁内で働く警察官、もしくは業者の中にＴＳＵＢＡＭＥのメンバーがいる……」

驚く柳川をよそに、哉明は捜査員に指示する。

「サーバーの入室記録やログイン履歴を見れば特定できるはずだろ」

「進めています。現段階で三名に絞られました」

大型モニターに犯人と疑われる人物の顔写真と名前、所属が表示された。

「……っ！」

その人物を見て哉明は声を失う。そっと口もとを押さえ、動揺をかみころした。

柳川が同期した端末を見ながら、経歴を読み上げる。

「男性二名は、情報管理課に所属するサーバーの運用係ですか。もう一名の女性はシステム開発を担当している外部の業者の人間。……できれば関係者は女性の方であってほしいですね。現役警察官が犯罪集団に所属していたなんて、体裁が悪いどころの騒ぎでは――」

ふと顔を上げた柳川が、哉明の様子を見て違和感に気づく。

「獅子峰さん？」

（嘘だろう……？）

喜咲美都――モニターに表示されていたのは、確かに彼女だった。

それから四時間。情報を精査した結果、事件と美都の関連は濃厚になっていくばかりだった。

当初、美都がなにも知らずに利用された体で調べを進めていたのだが。

「詳しく解析してみたのですが……見てください」

柳川が手もとの端末を操作すると、正面の大型モニターに検証結果が表示された。

「使われているパスワード、テキスト情報のいたるところに、喜咲美都に繋がる痕跡が記されています」

誕生日、家族の名前、実家の座標など、美都の情報がプログラム内の目立つところに配置されている。まるで美都という存在を指し示すかのように。

「喜咲美都は十中八九、陥れられたんでしょうね」

犯人が美都なら、ここまで主張する必要がない。柳川はため息をつきながら哉明を一瞥した。

「そんなに恨みを買うような人物なのですか？　獅子峰さんの婚約者は」

「まさか。品行方正な一般市民だ」

さすがに頭を抱えて項垂れる。美都が犯人だとは思えないが、ここまであからさまに関連が出てくると捜査せざるを得ない。被疑者とまではいかなくとも、被疑者にごく近い参考人なのは間違いない。

「それにしたって、彼女を捜査線上に押し上げようとしている人間がいるのは確かです。犯罪組織から目をつけられているなんて、ただの怨恨ではないかもしれませんよ？」

正義と革命を謳う犯罪集団の犯行だ。背景にはなんらかの政治的な理由があると考えられる。

美都の周辺で目立つ人物といえば、義祖父の弁護士だろうか。孫が逮捕されれば、彼の足を引っ張ることも可能かもしれないが——いまいち目的としては薄い。

情に流されそうになるのを踏みとどまり、冷静に、いつも通りの指示を出す。

「彼女の周辺を徹底的に洗え。……って、まるで俺を洗えと言っているようなものだな」

自嘲したそのとき、とある事実に直面する。

「……まさか目的は、俺か？」

サイバー犯罪組織にとって一番の敵であるＣＩＴ。そのトップである哉明を陥れようとしていると考えれば腑に落ちる。

「ですが、まだ入籍はしていないんですよね？　なぜこのタイミングなのでしょう？　結婚してから伴侶が不祥事を起こせば、確かに獅子峰さんも責任を取らされるのでしょうけれど、今なら婚約が破棄になる程度で大したダメージは――」

そう言いかけた柳川だったが、ふと見上げた先にある哉明の顔を見て考えを改める。

「……脅しや警告、嫌がらせという意味では、効果てきめんでしたね」

容疑がかけられた状態では、キャリア警察官とは結婚できない。婚約を破棄するしかない――哉明は口もとを押さえたまま項垂れる。

想像以上に堪《こた》えている自分に気づく。美都が犯人であるはずがない、そう確信しながらも心が揺さぶられるのは、美都と別れる未来が頭にちらついたからだろう。

いつも通りの捜査をしろ、そう自身に言い聞かせ、姿勢を正した。

「喜咲美都、本人から事情を聞く」

柳川は少々驚いたように顔を上げ、哉明を覗き込んだ。

「……かまわないのですか？」

「こうも出揃っている以上、スルーしてはおけないだろ」

普段の捜査なら哉明はそうする。本人から聴取するのが手っ取り早い。相手の顔色を見れば、嘘をついているのかも一目瞭然だ。

――今の動揺しきった哉明に見破れるかは疑問だが。

「それに彼女が犯人でない場合は、彼女にプログラムを渡した人物がいるはずだ。情報を聞き出せ」

「わかりました。獅子峰さんが自らお話を伺いますか？」

「聴取はお前に任せる。今すぐ彼女のもとへ向かえ」

「……本当に私でいいのですね？」

柳川はきちんと仕事をする人間だ。上司の婚約者が相手でも容赦しないだろう。本人にもその自覚があるから、自分が聴取をしていいのか確認してきたのだ。

「ああ。かまわない」

だからこそ、あえて彼女に任せる。容疑がかけられている美都を特別扱いなどできない。ＣＩＴのトップが身内に甘かったら、周囲に示しがつかないからだ。

（まあ、体裁上はな）

哉明はひっそりと思案する。

「参考人には変わりない。特別扱いするつもりはない」

「わかりました」

さっそく柳川は捜査本部を出ていく。

哉明は腕を組みモニターを見つめながら黙り込んだ。

（今回の犯行に社会的影響力はゼロ。身代金目的でもない。ただ嫌がらせのためだけにわざわざ警視庁内に入り込んで犯行に及んだというのか？）

企業への攻撃ならば世界中のどこからでも犯行可能。よって犯人の特定も難しい。だが警視庁内に侵入すれば確実に痕跡が残り、犯人が絞られる。リスクを冒してまでするようなことではないはずだが。

（本当に俺が目的なのか？　確かに、俺個人を攻撃したいだけなら効果的なのかもしれないが）

犯人を捕まえて美都にターゲットを絞った理由をはっきりさせなければ、美都の嫌疑は晴れない。捜査資料に名前が残り、今後も要注意人物としてマークされ続ける。

それだけで哉明は美都と結婚できなくなる。

（ただの怨恨なのか？ 本当に？ だとしたら組織としての犯行ではなく、メンバーひとりが暴走しているだけという可能性も）

考え出せばきりがない。とにかく、どんな見落としもないように、あらゆる可能性を念頭に置いて捜査していくしかない。

（とっとと犯人を挙げて美都を捜査対象者のリストから外さなければ。俺は彼女と結婚できなくなる）

「田部井《たべい》。ここを頼めるか。しばらく席を外す」

「わかりました。獅子峰隊長はどちらへ？」

「たまには足を使って捜査しようと思ってな」

「はあ……」

ＣＩＴのナンバー３にその場を任せると、哉明は急ぎ本部をあとにした。

第六章　もう婚約者ではなく

婚姻届に記入して、ベッドをともにした夜から一週間が経った。

その間、哉明と体を重ねたのは三回。初めての夜。そして週末の二日間。間にお酒で記憶が曖昧な日があるのだが、あれもカウントしたら四回になる。

とにかく、予想以上に甘く蕩けた同棲生活を送っているのは確かだ。

その日の朝、通勤電車に揺られながら、美都はビジネス用のトートバッグを胸もとできゅっと抱きしめた。

(寝ても覚めても、哉明さんのことしか考えられない……なぜ)

哉明の優しい顔、おどけた顔、美都を抱くときの鋭い顔が、頭の中を交互に占拠してなにも手につかない。

と言いつつ、仕事と家事はきちんとこなす真面目な美都だけれど。

(これはなにかの病気かもしれない。脳の異常とか……)

恋、という名の病を、美都はまだ知らない。

赤坂庁舎内。午前中の会議を終え、美都はぼんやりと廊下を歩いていた。

これから昼休み。お弁当を持参しているので、自席で食べるつもりだ。

（哉明さんはなにを食べているんだろう？　警察庁って食堂はあるのかな？　キャリアだから高級な幕の内弁当を注文してたり？　でも哉明さんのことだから栄養補助食品で簡単に済ませていそうな気もする。哉明さんの分のお弁当を作ったら、迷惑かなあ？　なら、せめて朝と晩で栄養をしっかり摂ってもらって……）

そんなことを考えながら歩いていると。

「――さん？　喜咲さん！」

不意に肩に手をかけられ、驚いて足を止めた。

振り向くと大須賀が立っていて、心配そうな顔で美都を覗き込んでいる。

「あっ、すみません。なにかご用が？」

「いえ、とくに用はないのですが。何度話しかけても返事がなかったので。大丈夫ですか？」

「失礼しました。考えごとをしていて」

美都は深く腰を折って謝罪する。大須賀はいたたまれない表情で「あー」と頬をかいた。

「なにか悩みごとでも？」

「いえ。そういうわけでは」

悩んではいない。どうしようもないことに思考を占拠されているだけで。

なにも答えずただ否定だけすると、口では説明できないなにかがあると悟ったのか、大須賀がおずおずと口を開いた。

「もしかして、彼氏さんとトラブルでも？」

「は？」

一瞬フリーズする。婚約者でも恋人でもなく『彼氏さん』——これはまた新しい表現だ。でも、結婚を前提にお付き合いしているのだから、彼氏で正しいはず。

新鮮な響きにむずがゆくなる。

「問題ありません。ご心配なく」

「そう、ですか……あ」

ふと大須賀が思いついたかのように、手をぽんと打ち合わせる。

「お昼、まだですよね？　このあと、一緒に食べませんか？」

「えっ……お昼、ですか？」

庁舎内に勤めている同僚たちと食べることはあっても、職員の方に誘われたのは初めてだ。

美都としては顧客をおいそれと誘えないし、大須賀たちは自席で食べるのが文化のようだったから、これまで一緒に昼食をとる機会はなかった。

「喜咲さんは外食派ですか？　それとも持ってきてます？」

「持ってきていますが……」

「よかった、僕もです。じゃあ、九階の休憩スペースにお昼ご飯を持って集合で」

「いいんですか？　私がご一緒しても」

「警察官以外の方と食べちゃいけないなんてルールはありませんから、大丈夫です」

にっこりと微笑むと、「またあとで」と手を振って行ってしまった。

そのうしろ姿を美都は呆然と見送る。なぜ突然お昼に誘われたのだろう。

(よっぽど悩みがあるように見えたのかな)

もしかしたら、この一週間――哉明と夜をともにするようになってから、美都が気づいていないだけで、傍から見ると様子がおかしかったのかもしれない。

(ご心配をおかけして申し訳ないな)

なにしろ大須賀は市民を救う警察官だ。困っている美都を放っておけなかったのだろう。

美都はデスクに戻ると、お弁当と水筒を持って九階に向かった。

自販機のそばにカウンターテーブルとチェアがいくつか並んでいて、そのうちのひとつに大須賀が座って待っていた。彼は「喜咲さん」と笑顔で手を上げる。

「お待たせしました」

「あ、喜咲さんはお弁当ですか？」

「はい。簡単なものではありますが」

クロスを広げると、中には桜色のランチボックス。お弁当の中身はご飯と玉子焼き、豚肉と野菜の炒め物、昨晩の夕食で残った煮物などが詰まっている。

「わあ！　お料理、上手なんですね」

「いえ。そんなたいそうなお料理ではないので……」

「でも玉子焼き、形がすごく綺麗です。うちの母が作る玉子焼きはいつもグズグズで」

苦笑いを浮かべる大須賀。成形しづらい玉子焼きと聞いて、ふと思いつく。

「それはだし巻き玉子だからじゃないでしょうか。だしを入れると水分が増える分、巻きづらくなるんです。これはだしの入っていない普通の玉子焼きなので、形が整えやすいんですよ」

大須賀は驚いたようで一瞬ぽかんとしたが、やがて気が抜けたのか、ははっと笑った。

「そうだったんですね。だから母の玉子焼きは毎日歪《いびつ》だったのか」

「でも、だし巻き玉子っておいしいですよね。ふんわりしていて」

「確かに柔らかくて、だしの優しい味がしました。母は毎日頑張ってくれてたんですね。もういないので聞けませんが」

　ハッとして美都は大須賀を覗き見る。

　遠回しな言い方をして申し訳なく思ったのか、大須賀は眉を下げた。

「僕が高校生の頃、亡くなったんです」

「それは……思い出させてしまってすみませんでした」

「いえ。もう十年以上も前のことですから。でも……そっか。そんなに毎日頑張ってくれてたんなら、ありがとうのひと言くらい言っておけばよかったな」

　乾いた笑い声に胸が詰まる。美都も母を亡くしてひどく落ち込んだ時期があったから、大須賀の気持ちが理解できる。

　そして、今は杏樹が実母の代わりに過保護なくらいの愛を注いでくれている。

「……私も、今度実家に帰ったら感謝を伝えたいと思います」

「ええ。それがいいですよ」

大須賀は自身のエコバッグからコンビニのおにぎりとサラダを出しながら苦笑する。

「最低限の家事はしてるんですが、料理まではなかなか手が回らなくて。コンビニ弁当とかお惣菜とか、楽なものがたくさんあるでしょう？　ついついそっちに手が伸びちゃって」

「仕事もありますし、仕方がないと思います。私は料理……というか、家事が趣味のようなところがありますので」

「料理が趣味は聞いたことがあるけれど、家事が趣味はないなあ」

大須賀が目を丸くする。美都だって家事が趣味という人は見たことがない。

（無趣味だから家事をするしかないのかな？　でも掃除をするとすっきりするし、アイロンをかけると気持ちがピンとするし、料理をすると達成感があるし）

心地よいと感じるのだから、やはり趣味なのだろう。

考え込む美都に、大須賀が笑いかける。

「素敵な趣味ですね。彼氏さんにも喜んでもらえるでしょう？」

尋ねられ、箸が止まる。

哉明は手料理をおいしいと言って食べてくれる。アイロンがけをする姿を褒めてもらったこともあった。

今も毎日気持ちよく家事をこなしているのは、趣味以上に哉明の影響が大きいのかもしれない。

「それも含めて、趣味なのかもしれませんね」

そういえば杏樹は大切な人について『その人のためになにかをしてあげられることが幸せ』と言っていた。

料理を作りたい、その時間が幸せだと思うのは、哉明への想いの現れなのかもしれない。

「……惚気《のろけ》られちゃったな」

大須賀のぽつりとした呟きにハッとさせられる。

「す、すみません……」

「いえ。大丈夫ですよ。でも、僕も喜咲さんみたいにお料理上手な恋人が欲しいなあと思いました。と言っても恋愛は苦手で、ここ数年は恋人もできないんですが」

「そうなんですか？　大須賀さんのような素敵な方に、恋人がいないのが不思議です」

すると、大須賀が口もとを押さえてプッと吹き出した。

「それをあなたが言いますか」

また失礼な物言いをしてしまっただろうか、そう心配して覗き込むと、大須賀は朗らかに言った。

「僕、喜咲さんのこと、好きだったんです」

あまりにも清々しい口調なので、どう受け取っていいのかわからなかった。美都は「……え？」と間抜けな呟きを漏らす。

「今さらそんなことを言われてもって感じですよね」

ペットボトルのお茶を喉に流し込み、大須賀ははぁと息をつく。

「いつか自然に親しくなれるんじゃないかって、呑気にしていた僕がいけなかったんです。気づいたら喜咲さんはご婚約されていて。情けないですね」

ふと筧や鶴見の言葉を思い出す。

『大須賀さん、あんなに頑張ってアピールしてるのに』、『喜咲ったら塩対応だからなあ』――ようやく意味がわかり瞬時に猛省した。

「……無神経な言動の数々、大変失礼いたしました」

膝に手をついて深々と頭を下げる美都を、大須賀は「なんだか武士みたいだなあ」と眺める。

「それから……こんな私を好きと言ってくださって、ありがとうございます」

まさか自分をそこまで好いてくれる人が身近にいるとは思わなかった。気持ちには応えられないけれど、感謝は伝えたい。

大須賀はにっこりと笑う。

「喜咲さんが素敵な人に巡り会えてよかったです」

爽やかな笑顔は、無理やり作ったものだろう。美都が気に病まないように。

「……でも、ひとつ、未練がましいことを言わせてもらってもいいですか？」

不思議な前置きに、美都は首を傾げた。

「喜咲さんの幸せを祈ってます。だけど、もしもこの先、彼氏さんを信用できなくなる日が来たら――」

大須賀はテーブルの上の美都の手に自身の手を重ね、笑顔を押し込めて真剣な顔をした。

「僕を頼ってもらえませんか？」

大きく目を瞬いて大須賀を見つめる。

（どういう意味なのだろう？）

もしもの話というよりは、予言のように聞こえて、なんとなく怖くなった。

「……なぜそんなことをおっしゃるんですか？」

素直に尋ねると、大須賀は「それは……」と言い淀んで目を逸らす。

哉明の真似をして、美都は相手の表情や仕草から気持ちを探ろうとしてみた。

今の大須賀から読み取れるのは〝心苦しさ〟そして〝口にはできないなにか〟の存在だ。

「お相手の方はキャリア組なんでしょう? 一般の方とは考え方が違いますから」

「……そうですね。確かに。私とは違った価値観をお持ちの方です」

料理はしないし掃除や洗濯は外注、結婚は三分で決断、とんでもない金額のジュエリーを美都にあっさりと貢いでしまうなど、哉明には驚かされてばかりだ。

でも――。

「私は彼を信じています」

そっと大須賀の手を解くと、彼は珍しく暗い顔をした。

「あなたがそういう方だから心配なんです。喜咲さんは、きっと騙されていても気づかない」

「そんな。騙されているだなんて」

「そういう人種なんです、キャリアという人たちは――」

そのとき、足音が近づいてきてふたりは顔を上げた。

「お食事中に失礼します」

凛とした佇《たたず》まいで声をかけてきたのは、ネイビーのスーツを着た女性だった。清潔感のあるショートヘアに強烈な目力。

ざっくり言えば、湜しい美女である。身長は美都よりも高く、肩幅の広さからアスリートのような印象を受けた。

「ステラソフトの喜咲美都さんでよろしいでしょうか？」

どうやら美都に用があるらしい。驚いて肩がぴくりと揺れる。

「はい。そうです」

「私は警察庁サイバー特別捜査部特殊捜査隊で副隊長を務めております、柳川翔子と申します。庁舎内ですのでご信用いただけるとは思いますが、念のため身分証を提示しておきますね」

そう言って警察手帳を開きふたりに身分証を見せる。

実物を見たことがない美都にはそれが本物かわかりっこないのだが、横で大須賀が息を呑んでいるところを見るに本物なのだろう。

「警察庁の方が、私になんのご用でしょう？」

「少々お話を聞かせてください。簡単な質問をいくつかするだけですから緊張なさらず。ステラソフトの筧さんにはすでに了承を得ていますので、どうぞこちらに」

唐突な話に戸惑うも、相手が警察庁の方なら従わざるを得ないだろう。

(確かサイバー特別捜査部って、哉明さんが所属している部よね?)

仕事の内容については詳しく聞かされていないが、サイバー特別捜査部のどこかの部隊で指揮官を務めていると言っていた。

(彼に関して聞かれるのかな。もしかして結婚について?)

キャリア警察官の結婚ともなれば、厳しい身辺調査があるはず。もしかしたら面接もあるのかもしれない。

「わかりました」

お弁当箱を片付け立ち上がろうとすると。

「待ってください」

止めに入ったのは大須賀だ。これまでに見せたことのない険しい顔で、美都を庇うように進み出る。

「特殊捜査隊って今年発足したCITのことですよね? CITに連行されるって、ただごとではないと思うんですが。喜咲さんはなんの容疑がかけられているんですか」

「容疑……?」

予想もしなかったワードに美都は目を丸くする。話を聞きたいだけだと言っていたけれど、それは〝連行〟なのだろうか？

「なぜ被疑者として連行すると？」

柳川も不思議に思ったのか、涼しい顔のまま大須賀に目線を向ける。

「それは……タイミング的に。今朝、警視庁内のサーバーに問題が起きたって騒がれていましたよね。その件でなにか疑われているんじゃないんですか？」

美都は初耳だった。そういえば、どこかのシステムが不調で使えない旨の通達が出されていたが、美都の業務には直接影響がなかったので、詳しく見ていなかった。

柳川は表情をぴくりとも変えず、淡々と尋ね返す。

「今朝の件は、単純なシステムの不具合だと連絡を受けていますが、なにか不審な点でも？」

「それは……」

大須賀が目線を逸らし口ごもる。なにかを隠している？　――そんな気がしたのは、美都の考えすぎだろうか。

「失礼します」

背中を向けて歩き出す柳川。あとを追いかけながら美都は「失礼します」と大須賀に一礼する。

大須賀は不承不承といった顔で敬礼し、ふたりを送り出した。

案内されたのは十五階にある応接室。四年間ここに通っている美都ですら初めて入る場所で、品のいいソファとローテーブルが置かれていた。おそらく客を迎えるために使う部屋だろう。

そして、ソファにはスーツ姿の男性がひとり。

「哉明さん……！」

驚いて美都は声をあげる。哉明はソファに座ったまま、飄々とした顔で「お疲れ」と軽く手を掲げた。

柳川はこれまでの凛とした態度から一転、げんなりと肩を落とす。

「聴取は私に任せてくださるんじゃなかったんですか？」

「お前なんかにかわいい婚約者を任せられるか」

哉明がやれやれと立ち上がる。こんな場所でものんびりとした態度に、美都は少なからず安堵した。

「忘れてないぞ、ＦＢＩ時代に被疑者の腕を捻り上げて関節外したの。暴徒を手刀で眠らせたことも」

「スラム街のチンピラ相手ならともかく、日本で、しかもシロかもしれないお嬢さんを相手にそんな手荒な真似は致しません」

チンピラ相手にならするんだと怯えつつ、美都は哉明に手を引かれて奥のソファに腰を下ろす。哉明は隣に座り、「大丈夫だ、緊張するな」と甘く囁いた。

美都は平静を保って「はい」と答えつつも、場所とシチュエーションが特殊なだけに少しドキドキとしている。

気づけば柳川が眉間に皺を寄せてこちらを眺めていた。

「まったく調子のいい方ですね。部下の前では威厳を漂わせて『特別扱いするつもりはない』とか言ってたくせに」

「仕方ないだろ、あの場ではああ言うしかなかったんだから」

「だいたい座り方がおかしいでしょう。獅子峰さんはこっち側です」

「そんなにプレッシャー与えちゃかわいそうだろ。ただでさえ柳川の聴取は怖いんだから、俺が隣にいてやんないと」

柳川はとうとう怒気を滲ませ、「女性に甘いんだから」と乱暴にソファに座った。

（女性に……甘い……）

思わず美都は哉明を睨む。

「おいっ、誤解を招くような表現するなよ、俺が甘いのは婚約者にだけだ」

哉明は慌てたように異議を申し立てるが、柳川は「そういうことにしておきましょ」と冷めた様子でソファに座った。

(……女性に甘いんだ)

甘いというか、優しいのだろう。かつて自分にそうしてくれたように、女性たちをスマートに助けているに違いない。

哉明自身は特別な感情や下心がないとしても、結果、世の女性たちを虜《とりこ》にする。

(柳川さんにも、優しいのかな)

少なくとも柳川は、優しくされた覚えがあるから哉明にそう言ったのではないか。

今はコントのようなやり取りをしているけれど、ふたりきりになったら……もしかしたら。

(なんだろう……すごく……)

胸の奥がもやっとして、喉がつかえるような感じがする。

だが今はその原因を探している場合ではない。

美都は背筋を伸ばして本題を切り出した。

「私にはなにかの疑惑がかけられているのですか?」

『被疑者』というワードが出たのを美都は聞き逃さなかった。大須賀の言うように、これは連行なのだろうか。

柳川は咳払いをして美都に向き直る。

「昨日、この庁舎のサーバー室で作業をされていましたね。そのときのことを詳しく伺いたいのですが」

「サーバー室というと……昨日の午後のことでしょうか。既存のシステムに不具合が出たので、新しいバージョンへのアップデート作業を行いました。具体的にはサーバー機に修正版プログラムをインストールして――」

「その修正版プログラムというのは、あなたがサーバー室に持ち込んだのですか？」

「いえ。セキュリティ上、私はサーバー室に直接持ち込みができませんので、情報管理課の方にお願いしました。私は事前に申請した手順通りに、同伴の職員さんと一緒にサーバー室に入って――」

哉明と柳川が互いに目配せする。

「その手順について、詳しく教えてください」

美都は昨日の作業をできるだけ詳しく、順を追って説明する。ふたりは真剣に聞いていたが、ひと通り話し終えたところで哉明が美都の頭にぽんと手を置いた。

「ありがとう、美都。充分だ」

しかし柳川は「もうひとつ、伺いたいことが」と口を挟む。

「誰かに恨みを買った覚えはありますか？　あなたの婚約が破談になって喜ぶ人物は？」

哉明が美都の肩を強く引き寄せる。ふと見上げると、これまでとは打って変わって険しい表情をした哉明がいた。

「柳川。その質問は無意味だ」

「聞きづらいのはわかりますが、報告書に書かないわけにはいきません」

険悪な空気を感じつつも、美都はおずおずと口を開く。

「私はなんの容疑がかけられているのでしょう？　婚約が破談になるほどのことなんですか？」

哉明と柳川は口を引き結んで沈黙する。捜査に関する話を口外できないのだろう。

「どうしても気になるんでしたら、家に帰って〝婚約者の方〟に伺ってみてください」

つまり警察官としては答えられないが、家に帰って哉明に聞く分には目を瞑ると言いたいらしい。

「……恨みを買った覚えはありません。そういった人物にも心当たりがありません」

美都が答えると、柳川が部屋のドアを開けに向かった。もう帰ってもいいらしい。

「悪いようにはならないから心配するな。家で待っていてくれ」

哉明は美都を抱いてなだめると、部屋の外へ送り出す。

「失礼します」

漠然とした不安を抱えたまま、美都はひとりエレベーターに乗り込み、七階のボタンを押した。

(哉明さんと結婚できない……?)

サーバー室での手順を詳しく聞かれたことから、警視庁のシステムに対して悪さをしたと疑われているのかもしれない。

そういえば大須賀もサーバーに問題が起きたと言っていた。

(もしも結婚できなかったら……どうすればいいんだろう。哉明さんは別の女性を探して、私は実家に帰って、それから……)

あれほど結婚を躊躇っていたのに、いざできないと言われると動揺している自分がいる。

一緒に暮らしているせいか、あるいは体を重ねたからだろうか。もう哉明なしの生活は考えられない。

（哉明さんが私と婚約してくれたのは、品行方正だったから。でも問題を起こすような女だと思われたら、私は無価値だ）

もしかしたら哉明の方から、婚約を破棄してほしいと願い出てくるかもしれない。

（それは……嫌）

胸がぎゅうっと押し潰される感じがして、背中を丸めた。

哉明に捨てられたくない、そばにいたい、妻でありたい、いつの間にかそんな欲が湧いていたと気づいて眩暈がする。

（私、こんなに哉明さんと結婚したいって思ってたんだ……）

愕然としたままオフィスに戻り、不安をごまかすように仕事をした。

その日、帰宅したのは十九時過ぎ。とにかく手を動かさなければ落ち着かず、夕食を作る。

余計なことは頭に入ってこないように、あえて手間のかかる料理を一品、二品、三品と作り上げていく。

気がつくと四人がけのダイニングテーブルではお皿が載りきらなくて、広いローテーブルに移した。

牛筋煮込みに酢豚、グラタンにチャプチェ、根菜の煮物。どんどん大皿料理が完成していく。パーティーが開ける量。なのに哉明は帰ってこない。

いい加減、手を止めたのは二十二時過ぎ。どっと疲れが押し寄せてきて、ソファにへたり込んだ。

「こんなに作って、どうしよう」

明日、お重のお弁当でも持っていこうか。鶴見や筧に助けを求めれば一緒に食べてくれるかもしれない。

(なにをしているんだろう、私は)

まだ婚約を破棄したいと言われたわけではないのに不安が拭えない。

(心配するなって言われたけど)

だが破棄される可能性は高いような気がした。

美都を選ぶメリットといえば、真面目で問題を起こさないくらいのものだろう。そのふたつさえダメだったのだから、これ以上繋ぎ止めておく必要がない。

ぼんやりと日中、話を聞かれたときのことを思い出す。

(そういえば、柳川さん、だっけ？　綺麗な人だったな)

警察庁に勤めていて、あの若さで哉明の右腕を務めるくらいなのだから、さぞ優秀なのだろう。FBIがどうこう言っていたところを見るに、哉明と一緒にアメリカに出向していたのかもしれない。

(上司と部下……っていうわりには親しそうだったし)

思い起こしてみれば、哉明が女性と仲良くしているところを見るのは初めてだ。

もちろん相手は職場の人間。個人的な繋がりなんてないのだろうけれど——。

(ない、と、思いたい……)

再会する以前の哉明を、美都はまったく知らないわけで。恋愛だってしてきただろうし、当然恋人がいたことだってあるだろう。

(いや、だからって柳川さんとの関係を疑うのは極論すぎるけど)

とはいえ、お似合いだと思ったのは確かだ。

お互い優秀で、同じ方向を目指していて高め合える関係。性格もはっきりしているところが似ている。

なにより柳川は美人で、胸も大きかった。美都は自身の胸もとに触れ、ため息をつく。

(ああいう方と結婚すれば、哉明さんの出世にもプラスになる気がする)

柳川がいいのではないか。そんな気持ちが湧いてきて、自分がひどく不釣り合いに思えてくる。

自分には哉明のそばにいる権利があるのだろうか。

(哉明さんの足を引っ張るくらいなら、私から別れを告げた方がいいかもしれない)

じわりと涙が滲み、こらえきれなくなる。ソファの上で顔を覆った。

こんなにたくさんの料理を作っても、今日、哉明は帰ってこないかもしれない。もちろん美都に食欲などない。

「私は、どうしてこんなに……」

悲しいのだろう。結婚してもしなくても、どちらでもよかったはずなのに、なぜ執着しているのだろう。

(ひとりは……寂しい)

哉明と出会って、信頼できる人とふたりで過ごす充足感を知った。

なぜ杏樹があんなにも『いい人を探そうともしないなんてもったいない』と言っていたのかわかった気がする。

大切な人とふたりでいる時間は幸せだ。

(……私は哉明さんが好きなんだ)

いつの間にか、かけがえのない存在になっていた。今さら別れようと言われたら、悲しくてどうしたらいいのかわからない。

涙が止まらないなんて、いつぶりだろう。母を亡くしたときに涸《か》れ果てたと思っていたのに。

悲しみを押し殺せないまま、ソファに寝転がって顔を覆った。

どれくらい時間が経ったのだろう、リビングのドアが開く音で目が覚めた。

いつの間にか眠ってしまっていたらしく、美都は慌ててソファから起き上がる。

ひどく瞼が重たい。リビングの入口にはスーツ姿で呆然と佇む哉明の姿。

目が合った瞬間、哉明はハッとした顔でこちらに駆け寄ってきた。

「美都……！」

ソファに膝をつき、美都を力いっぱい抱きすくめる。

まだ頭がぼんやりとしている美都は、なぜ哉明が突然抱きしめてきたのか理解できなかった。

「あの……なんです？」

「そんな顔して、なに言ってるんだ」

そう言われて初めて、瞼の重さはたくさん泣いて目が腫《は》れているせいだと気づいた。

「不安にさせて悪かった」

いつになく真剣な声で、美都を深く胸もとに押し込める。

ベッドの中でさえどこか余裕ぶっている彼なのに、こんな姿は初めてで動揺する。

「もっと早くに帰ってくるべきだった。心細い思いをさせていると、わかっていたはずなのに」

「哉明さんはなにも悪くありません。私が勝手に不安になっていただけで」

「あんな言い方をされたら、不安になるに決まってるだろ」

腕の力は弱まらない。いっそう強く大切に抱きかかえられ胸が詰まる。

しかし美都は「その件なんですが」と断りを入れ、彼を押しのけた。

「私との婚約が哉明さんのお邪魔になるようでしたら……破棄していただいてもかまいません」

冷静に言葉にできたのは奇跡だった。この言葉が哉明のためになる、哉明の心を救う、そう信じていたからかもしれない。

しかし、当の彼は「冗談じゃない」とやるせない声で吐き捨てる。

「俺は美都を幸せにすると決めた」

「それは私が妻としての条件を満たしていた場合の話で――」

「お前はまだ、俺が条件どうこうで一緒にいると思っているのか？」

肩を揺さぶられドキリとする。美都を見下ろす情熱的なその目は、打算だけでは説明できないなにかが宿っていて——。

「……っ、来い」

そう言って哉明は立ち上がると、美都の手を引きリビングを出た。

「哉明さん……⁉」

書斎の前で「待ってろ」と指示して中に入っていく。

一分と経たずに戻ってきた彼の手には、書類が握られていた。

「これを出しに行く」

そう言って示した書類は婚姻届。いつの間にか証人欄まで埋まっていて、あとは役所に提出するだけの状態になっていた。

「出しにって……今からですか？」

「婚姻届は二十四時間いつでも出せる」

「そういう問題ではなくて！　まだ哉明さんのご両親への挨拶も済んでいませんし、ほかにも問題が山積みで——」

「両親については、結婚を決めたと伝えてあるから問題ない。だいたい父が用意した相手なのに、反対もなにもないだろ」

強引にそう言いくるめ、美都を玄関に連れていく。しかし——。

「待ってください！」

腕を振り払い、足を止めた。珍しく大きな声を出した美都に、哉明は驚いて立ち尽くす。

「私は……！　哉明さんの足を、引っ張りたくないんです……！」

喉に力を込めて感情を外に吐き出す。

いつもならスンとした顔をしていただろう。胸の奥底から湧き上がってくる怒りや焦り、悲しみ、そして苦しみ——この不安定な感情を、相手に伝える必要はないと思っていたからだ。

だが今だけは、どうしても哉明に伝えたかった。この気持ちをわかってほしいと思った。

「妻として、必要とされていたいんです！　守ってもらうだけじゃなくて……！　ちゃんと私も、哉明さんの役に立ちたいんです！」

哉明は大きく目を見開いて呆然と美都を見つめている。

こんなにも美都が自分の考えを主張したのは初めてだったからだろう。

「私の容疑は晴れたんですか？　私との結婚を、警察の方に止められたのでは？　本当にこのまま突き進んで、哉明さんは――私は、後悔しないでいられるんですか⁉」

声が掠れるほど叫ぶのも初めてだった。乱れた呼吸を、肩で大きく息をしてなんとか整える。

感情が処理しきれず涙が溢れそうになるけれど、ごくんと息を呑み込み耐え忍ぶ。

ここで泣いてしまったら、きっと哉明は美都を甘やかしてしまって、対話にならないだろうから。

「婚姻届を出してしまったら、もう哉明さんは……！」

後戻りができない。キャリアとしての地位を失うかもしれない。

自分を守るために哉明がすべてを失うのだとしたら、守ってくれなくていい。

ふたりのこれまでをなかったことにしてくれてかまわないから、自分のために生きてほしい――。

とうとう涙がほろりとこぼれ落ちてきて頬を伝う。

哉明はしばらく呆然と美都を見つめていたが、そっと近づいてきて、指先で涙を拭った。

「……詳しく話せなくて悪かった。美都の容疑はほぼ晴れていて、今は参考人扱いだ。

情報管理課の職員からも話を聞いて、美都に犯行は難しいと判断した」

その言葉を聞いて肩の力が抜ける。疑われていない、その事実が美都の心を軽くした。

「もちろんシロである揺るぎない証拠も欲しいところだが……結局は犯人を検挙するしか方法がない」

「では……その、犯人が見つかるまで――」

待っている、そう言いかけた矢先、哉明が美都の手を引いた。

「犯人は必ず確保する。美都を陥れようとしたヤツをこのまま野放しにはしない。俺の全キャリアを懸けてでも、必ず見つける」

反論を遮るかのように顎を持ち上げられ、唇を奪われる。

遊びのない真剣な口づけ。しっかりと重ねたあと、意志の強い眼差しで真っ直ぐに見つめられた。

「俺には美都が必要だ。後悔なんてしない」

熱い言葉が胸に流れ込んでくる。小さな不安や懸念をすべて押し流すほど、圧倒的な力強さ。

「俺は美都と一緒になる。都合がいいからじゃない、愛してるからだ」

驚きから哉明を見つめたまま動けなくなった。

（哉明さんが私を……愛してくれている？）

信じられない思いに駆られながら、震える声を絞り出す。

「でも……私、哉明さんに好かれるようなところなんて、なにも」

「本気で言ってるのか？　好きじゃないところを探す方が難しいが？　強いて言えば、その慎重すぎるところか」

ふっと笑みを浮かべて、美都の右頬に手を添えた。その表情が優しすぎて、愛しくて、予期せず再び涙がこぼれ落ちる。

「黙ってついてこい。俺といれば、必ず幸せになれる。俺が幸せにする」

胸の奥から熱い想いが込み上げてくる。

まさか哉明が自分を好いてくれるなんて――愛してくれるなんて、夢にも思わなかった。

そして――愛されることがこんなにも嬉しいのだと、初めて気づかされる。

「……ほん、とうに、いいんですか？　私で」

「俺は美都がいい。お前はどうなんだ？　まだ気持ちを聞いていないが」

哉明は左の頬にも手を添えて両手で挟み込むと、腰を屈めて美都と目の高さを合わせた。

一心に美都を見つめて、信じられないほど真っ直ぐに尋ねてくる。

「美都は？　俺を愛しているか？」

ごくりと息を呑み込んだ。

その答えを、哉明はきっと知っているのだろう。鈍感な美都もいい加減、自分の気持ちに気づいている。

「はい。愛しています」

答えると、涙が次から次へと溢れ出して止まらなくなった。

この思いが安堵なのか罪の意識なのか、美都にはよくわからない。愛していると言ってもらえた喜びと、哉明の人生を台無しにしてしまうのではないか、そんな不安がまだ胸の内でせめぎ合っている。

でも、それでもふたりが幸せに結ばれる奇跡を信じたい。

哉明は涙を唇で受け止め、頬に触れた。

「結婚しよう。もう、異論はないな？」

「……はい」

くしゃりと顔を歪めて頷く。俯く美都を、哉明はそっと抱きしめ包み込んでくれた。

もう時刻は二十三時を過ぎている。ふたりは車に乗り込み、エンジンをかけた。

「本当にこんな格好で、婚姻届を出しに行って大丈夫なんでしょうか」

美都は自身の格好を見下ろす。上はTシャツ、下はジャージ。腫れた目を隠すために哉明から借りたサングラスは、オーバーサイズでかなりいかめしい。さらにキャップを被っていて、まるで不審者だ。

「お忍び感があっていいだろ。顔を隠して深夜に婚姻届を出しに来るなんて、どっかの芸能人にしか見えない」

「キャップとサングラスを外したらがっかりされますよ」

「外さなきゃいい」

「哉明さんはスーツだから余裕でいいですよね」

無駄口を叩きながら、ふたりは区役所の時間外窓口へ向かった。粛々と婚姻届を提出し、あっさりと手続きを終える。

これで晴れて夫婦だ。美都は今この瞬間から〝獅子峰美都〟になった。

帰り道の車内で、美都は「本当によかったんですか？」と恐る恐る尋ねる。

「もちろん。後悔なんかない」

哉明はハンドルを握りながら、清々しく答えた。

「これでようやく夫婦と名乗れるな」

これからは〝婚約者〟ではなく〝夫〟、〝主人〟と呼ばなければならない。なんだか不思議で誇らしい気分だ。

「そういや、リビングにすごい量の食事が並んでいた気がするが」

「あれは……すみません。じっと待っていられなくて」

「美都は不安になるとご馳走を作ってくれるのか」

その口調は楽しそうだ。すっかりいつもの彼に戻っていて安堵する。

「帰ってパーティー――って時間でもないな。少しだけ摘まんで、あとは明日の夜にするか」

「それなんですが、傷むとよくないので、明日、お弁当にして持っていこうと思っています。オフィスのみなさんに食べるのを手伝ってもらおうかと。三段のお重なら入るでしょうから」

「お重……」

哉明がプハッと吹き出す。

「なら、車で庁舎の前まで送っていく。お重持って満員電車はつらいだろ」

「ありがとうございます。助かります」

車が哉明のマンションに到着する。――いや、今日から美都のマンションでもある。ふたりの愛の巣だ。

車を置いてエレベーターに乗り込み、自宅に着いた瞬間、どちらからともなくキスを再開した。

「今日は新婚初夜だな。楽しみだ」

「今さらでは？」

「もう逃げられるのを恐れて手加減しなくて済む。今日は思う存分抱き尽くしてやる」

「えっ、今まで手加減なんてしてたんですか？」

さっそく哉明が寝室に連れていこうとするので、美都は必死に抵抗した。

リビングのローテーブルに食事が置きっぱなしだ。冷蔵庫に入れないと明日の朝を待たずに傷んでしまうかもしれない。

なんとか哉明を押しとどめリビングに行くと、軽くご馳走を摘まんで、残りは冷蔵庫にしまった。

哉明は「時間があれば全部食べるのに」と口惜しそうにしていたが。

「休日にゆっくり作るので、またそのときに」

次にご馳走を作るときは、不安をごまかすのではなく、愛を込めて作りたい。

食器を片付けたあとシャワーを浴びて、ともに寝室へ。

「まだ目が腫れてるな」

ベッドに半身を埋めながら、哉明が美都の瞼にキスを落とす。

「こんなに泣いたのは、母が亡くなったとき以来だったので」

「不安にさせて悪かった。でも、美都の本心にようやく触れられた気がした」

哉明の言葉に恥ずかしさが込み上げてきて顔を伏せる。本心とは、子どものように叫んでしまったことだろうか。

『哉明さんの足を、引っ張りたくないんです……！』――必死だったとはいえ、大人気なかった。穴があったら入りたい。

そんな美都のリアクションを見て、哉明はふっと吐息を漏らす。

「俺を心配してくれていたんだろ？」

「それはそうですけど……もっと自己中心的というか」

哉明のお荷物になりたくない。対等な女性でありたい。それは哉明のためというよりは、自分のためだ。

しかし、そんな美都の罪悪感さえも哉明は笑って一蹴した。

「自己中だろうがなんだろうが、かまわない。俺に向かって本音をさらけ出してくれたのが嬉しかったんだ」

そう言って美都をベッドに組み敷く。強引ながらも眼差しが優しくて、深い愛が伝わってくる。

「泣こうが喚こうが、全部受け止めてやるから安心しろ。誰がなんと言おうと、今日から俺たちは夫婦だ」

頼もしい声で囁いて唇を奪う。甘やかな愛撫《あいぶ》に心も体も蕩けていった。

(もっとわがままを言っても、許してもらえるのかもしれない)

どうせ綺麗に取り繕っても反応を読まれてしまう。だったら最初から素直に全部ぶつけてしまえばいい。

「哉明さん」

こんな言葉を口にしていいのか、戸惑いながらも切り出す。

「抱いて……ほしいです。哉明さんの気が済むまで、好きにして」

哉明の表情が真剣になる。ヒリリとする眼差しで美都を見下ろした。

「それは、どういう心境の変化だ?」

「私のエゴです。私が満足したいだけ。哉明さんの全部が欲しいから」

「ならよかった。俺も心置きなくわがままになれる」

再び唇を重ね、美都の体の自由を奪う。

次第にふたりの熱が増していって、抱擁だけでは足りなくなる。美都からも求め奪うような、情熱的な交わり合いへと変わっていった。

本能のままに、情熱と官能に導かれ、素肌で対話する。

『今日は思う存分』――そう宣言した通りに抱き尽くされ、そして抱き尽くし、ふたりは新婚初夜を堪能した。

第七章　魅せたいのはあなた

翌日。美都は巨大な風呂敷を持って登庁した。

「おはようございます」

「っ、え、喜咲さん、いろいろどうしちゃったんですか？」

美都の腫れぼったい目と風呂敷を交互に指さし、鶴見が驚きの声をあげる。

筧も興味深そうに、こちらを覗き込んでいた。

「まず、これはお弁当です。昨夜、少し作りすぎてしまって」

「……少しの量じゃなくない？　嫁が作る運動会弁当よりでかいよ？」

筧が控えめにツッコミを入れる。

「よかったら、手伝っていただけないでしょうか。私ひとりでは食べきれないので」

「それはありがたくいただきますけど。でも、そっちの方は？　眼科に行った方がいいレベルで腫れてますすけど」

鶴見がおずおずと美都の目を指さす。美都は瞼を押さえながら説明した。

「お恥ずかしながら、主人と喧嘩しまして。普段泣いたりしませんので、反動でひどく腫れてしまって」

　これでも冷やして少しはマシになった方である。だが残念なことに、美都の切れ長の目にこの腫れはとても目立つ。

　鶴見が首を傾げながら、風呂敷をまじまじと眺めた。

「喧嘩って……このお料理についてです？」

「これはその副産物のようなもので」

「副産物……」

　余計にわからなくなったようで、鶴見が眉をひそめる。その一方で、筧が興奮気味にまくし立てた。

「っていうか今、〝主人〟って言わなかった？　普段あれだけ頑なに〝まだ結婚してない〟って言い張る喜咲さんが〝主人〟って」

　美都はお腹の前で手を重ねて、礼儀正しく一礼する。

「実は昨日、婚姻届を提出しまして。正式に夫婦となりました」

　あまりにも取り留めのない情報に、鶴見が今度こそ頭を抱える。

「わかんない！　状況が全然わかんない！」

「ええと……雨降って地固まったって解釈でいい？」

美都は「問題ありません」と姿勢よく答える。

「とにかく、おめでとうでいいんだよね？」

「お、おめでとうございます？」

「ありがとうございます」

やり取りを聞いていた周囲のメンバーは、やや疑問符を浮かべながらも「おめでとう」と拍手をくれる。

みんなに祝福されて、美都の結婚は周知の事実となった。

昼休みにお重パーティーを開いたあと。美都は大須賀に会いに情報管理課のフロアに向かった。

昨日、ＣＩＴの聴取で連行されて以来、大須賀とは会っていない。心優しい彼のことだから、心配しているのではないかと思う。

「失礼いたします」

大須賀のもとを訪ねると、デスクで通話中だった彼は美都に気づき、「あっ」という顔をした。

ちょっと待ってて、というポーズをしたので、美都は少し離れたところで通話が終わるのを待つ。

しばらくして、通話を終えた大須賀が小走りでやってきた。

「お忙しいところ、お邪魔してすみません」

「いえ。心配していたんです。というか……目、腫れてません？　大丈夫ですか？」

さすがに泣き腫らしたとは言えず「大丈夫です、少し寝不足なだけですから」と少々強引にごまかす。

人のいい大須賀は騙されてくれたようで、「こちらで話しましょうか」と美都を廊下に連れ出した。

「昨日は大丈夫でしたか？」

廊下の端。人通りの少ない場所に来たところで大須賀も本題を切り出す。

美都は「ご心配をおかけしました」と頭を下げた。

「連行とかではなく、少し話があっただけだったようで……その、結婚についてですとか」

「ああ、彼氏さん、キャリア組ですもんね。結婚となると、組織も絡んできて大変なんでしょう？」

大須賀が気遣わしげな表情で覗き込んでくる。

美都はぺこりと一礼して「実は」と切り出した。

「昨日婚姻届を提出して、晴れて入籍いたしました」

報告すると、大須賀は予想外だったのか「え」と声をあげて固まった。

「で、でも……その、大丈夫だったんですか？　結婚、できたんです？　いろいろとあったのでは」

一瞬ドキリとはしたものの平静を保つ。大須賀は美都に容疑がかけられていると知らないのだから、今の質問に深い意味はないだろう。

「いろいろ、と言いますと……？」

とぼけてみると、大須賀は困ったように目線を漂わせた。

「結婚に反対されているから、昨日呼び出されたのかな、と思ったものですから」

「いえ、そういうわけでは。主人の同僚の方にご挨拶したくらいで」

「そうでしたか……」

予想が外れたせいか、大須賀は後頭部に手を回して困ったように頭をかく。まだ驚きが収まらないらしく「ええと」と切り出した。

「では、その、これからは〝獅子峰さん〟とお呼びした方がいいんですかね？」

「しばらく仕事中は旧姓を使おうと思っていますので」

「そうですか。じゃあ、今まで通り〝喜咲さん〟で。わざわざ報告に来てくださって、ありがとうございました」

大須賀は額に手を当てて、敬礼のポーズをする。

「ご結婚、おめでとうございます。末永くお幸せに」

キリッと表情を引き締めて祝福してくれる姿に、美都はホッと胸を撫で下ろした。

「ありがとうございます」

深く一礼して、大須賀と別れる。

オフィスに戻りながら快活な敬礼を思い出し、本当に警察官の鑑のような人だなと晴れやかな気分になる。

「……あれ？」

しかし、ふと気がついて足を止めた。

「私、新しい名字を大須賀さんにお伝えしたっけ……？」

やり取りの中で大須賀が『獅子峰さん』と口にしたが、教えた覚えがない。

「……きっと本庄主任に聞いたのね」

でなければ知るわけがない。そう納得して、オフィスに戻った。

その日の帰り道。美都はコンビニに立ち寄った。

雑誌売り場で足を止め、難しい顔で一冊のファッション誌を手に取る。普段はファッション誌など買わない美都は、少々緊張しながらレジに持っていく。

お目当ての雑誌を購入して帰宅。相変わらず哉明の帰りは遅そうだ。

夕食を終えシャワーを浴びた美都は、リビングのソファで水分補給をしながら買った雑誌を広げた。

トピックスには『働き女子の愛され休日スタイル』『キスしたくなる艶リップコスメ』『彼氏を釘づけ☆魅せる体の作り方』──気が動転して一度雑誌を閉じて目を瞑る。美都には少々刺激が強すぎた。

（逃げちゃダメ。ちゃんと研究しなくちゃ）

哉明の妻になったのだ。愛される女性でいるために、努力をしようと心に決めた。

意志を固めてゆっくりとページを開き、アンニュイな表情のモデルたちが着こなす今どきファッションを考察する。

フォーマルめなジャケットに、カジュアルスキニーを合わせて、ドレッシーなヒールを履く──ちぐはぐもいいところでは？　このコーディネートはどこを目指しているのかわからない。

何度か考えてはみたが、残念ながら美都にオシャレは理解できなかった……。……え、

「あ、でも、このバッグは落ち着いていて、使い勝手がいいかもしれない。……え、十三万もするの？」

美都の給料では少々厳しい。再び雑誌を閉じ目を瞑る。

（自信がないからってブランド物に頼るのはやめよう。プチプラのショップで高見えする服を選んで――）

やると決めたらきちんとやる、とことんストイックな美都である。真剣に傾向と対策を研究する。

読み進めていくと、ふとヘアカタログのページに差しかかった。

「そういえば髪型、ずっと変えてないな」

幼い頃から黒髪ストレートのまま。なにしろ呪いの日本人形と言われるほどのこしの強さである。ショートにしたらツンツンしそうだし、ボブにしたら人形から座敷童に格上げだ。

ショートヘアのモデルを見て、ふと昨日を思い出す。

「……柳川さんのショートカット、格好よかったな」

知的で凛としていて素敵だった。目力が強く美人なのもあるだろう。涼やかな

ショートがとてもよく似合う人だった。

ぼんやりとそんなことを考えていると。

「柳川がどうしたって」

突然うしろから声が響いてきて、美都は「っっっ！」と体を引きつらせた。ばくばくする心臓を押さえて振り向く。

いつの間にか背後にスーツ姿の哉明が立っていて「ヘアカタログ？　髪切るのか？」と雑誌を覗き込んでいた。

「いつの間に」

「ちゃんとただいまって言ったぞ」

それだけ美都が集中していたのだろう。ドアが開く音にも、足音にすら気づかなかった。

「美都はどんな髪型にしたいんだ？　ショートか？」

スーツのジャケットを脱ぎソファの背もたれにかけ、美都の隣に腰を下ろす。

「柳川さんはショートがお似合いでしたね」

「ああ。というか、あの髪型以外見たことがないな」

「……長い付き合いなんですか？」

「ああ、年次もまあ近いし、昨年までFBIに出向していたキャリア組は俺たちだけだったから――」

言いかけたところで、哉明は美都のじっとりとした視線に気づき、言葉を止める。

「まさか、なにか疑っているのか？」

「いえ」

長い付き合いだと聞いただけで、なぜこんなにも胸がもやもやするのか。あきらめて静かに目を閉じる。

すると、両頬を包み込まれ、顔を持ち上げられた。

「なにか隠しているな。素直に言ってみろ」

「い、いちいち顔色を読むのはやめてください」

「嫉妬か？」

そのひと言で美都の胸の内に膨らむ不愉快な感情に説明がついた。

哉明は「そうかそうか」となぜか満足そうな顔をしている。

「安心しろ。柳川とは誓ってなにもない。そもそも職場恋愛なんてろくなもんじゃないしな」

「それは体験談ですか？」

思わず飛び出てしまった言葉に、慌てて口もとを覆う。哉明が呆れたように「お前なー」と嘆息した。

「……でも毎日隣に美人がいたら、気になるのでは？　一回くらい、やましい気持ちになったことがあるのでは？」

「ない」

スパンと答えた哉明を、美都はじっと見つめ続ける。

あまりにも強烈な視線に、さすがの哉明も「なんだ？　そんなに睨んで」とたじろいだ。

「私も哉明さんの顔色を読んでやろうと」

「無駄だ。逆に今のお前の行動からあらゆる情報が読み取れるぞ？　俺のことが好きすぎて嫉妬――」

「やめてください。もういいです」

美都がぷいっと目線を逸らすと、いじめすぎたと反省したのか、哉明がずいっと体を寄せてきた。

「柳川の真似なんかするな。美都は美都だ」

「……哉明さんは、ショートとロング、どちらの女性がお好きですか？」

「似合っていればどっちだっていい」

「さらっと難しいことを言いますね」

自分にはどんな髪型が似合うのだろう。これまで、大きく髪型を変えたことがないからわからない。

「強いて言えば、この艶やかな黒髪は気に入っている」

毛束をひと房持ち上げ、キスを落とす。

「……じゃあ、染めないようにします」

ぽつりと呟き、美都は再び雑誌に目線を落とす。

哉明はふっと笑みをこぼして立ち上がり、シャワーに向かった。


翌日、美都はヘアアレンジを変えた。うしろで結んだ毛束をくるりと捻ってピンを差し、バレッタで留めたのだ。

ピンとバレッタは杏樹からの贈り物。ずっと大事にしまっておいたが、ようやく日の目を見られてよかった。

「雰囲気、変わったな。よく似合ってる」

朝、リビングで顔を合わせた哉明が驚いた顔をする。

「髪を切るのはやめました。私の場合は長さがあるので、ヘアアレンジをすれば印象を変えられます」

そう答えてヨガマットを広げると、哉明が不思議そうに尋ねてきた。

「今からそんなにしっかり髪型作って、大丈夫なのか？　着替えたら乱れるだろう」

美都はマットの上で胡坐をかきながら、目線を逸らして答える。

「……この髪型を見せたい人が勤め先にいるわけではないので。乱れたらそれはそれで」

見せたいのはあなた──そんなニュアンスを込めて言うと、哉明が近づいてきてヨガ中の美都を抱きすくめた。

「か、哉明さん！」

「いじらしいな、お前」

「ちょ、やめてください、朝っぱらから」

嫌がるもおかまいなしでじゃれついてくる。「この白いうなじがいい」と首筋に唇を這わせた。

「きゃ、哉明さんっ」

勢いあまって背後に転がり、ヨガマットの上で押し倒される。

「ヨガマットはこんな用途で使うものじゃありませんっ」

すっかり猛獣になってしまった哉明を押し戻す。

整えたかったはずの肉体と精神が、今日も乱れっぱなしだ。彼の妻である限り落ち着く日などないのかもしれない。

日課のヨガを終え朝食を作ると、哉明は今日もしっかりと完食してくれた。

空になったお皿を片付けながら充足感を覚える。

（こんな毎日が、ずっと続いてくれたらいい）

キッチンを片付けたあとスーツに着替え、軽く髪を留め直し家を出た。


ヘアアレンジについて、オフィスでの評価は上々だった。

鶴見なんかは「もっといいアレンジありますよ」とノリノリで指導してくれる。髪質が硬いせいで留めてもすぐに落ちてくると相談したら、崩れないピンの差し方を教えてくれた。

（ヘアアレンジは、意外と奥が深い……）

ピンの角度ひとつで安定感がこんなにも変わるとは。それを日々研究する鶴見にも頭が下がる思いだ。

彼女いわく、もっと留めやすいバレッタもあるそうで、バリエーションを増やしてみてもいいかなと思っている。

(ヘアアクセなんて、考えたこともなかったな)

つい数カ月前、男性に興味がない、毎日をつつがなく過ごせればいい、そう言って縁談を断ろうとした美都に杏樹は『もったいない!』と言った。

(今ならお義母さんがそう思った理由がわかる気がする)

世界は美都の視野よりずっと広く、いろいろな人、価値観が存在している。

なにも知らないまま、興味すら抱かずに、ひとりで生きていくのはもったいない。

(哉明さんが私の世界を広げてくれた)

哉明と出会えたから気づけたことがある。

この先の未来も美都の知らないものがたくさん待ち受けているだろう。そう考えると楽しみで仕方がない。

その日、定時過ぎに仕事を終えて庁舎を出た。

夕方のこの時間、多くの会社員が駅に向かって歩みを進めている。地域柄、大使館や官庁系の施設に勤めている人間も多い。

そんな人々の群れに交じって駅までの道のりを歩いていると、うしろから小走りで駆けてくる足音がした。

「喜咲さん」と呼びかけられ振り向くと、そこにいたのは大須賀だ。帰宅中のようで、ビジネス用のリュックを背負っている。

「お疲れ様です。庁舎を出たらちょうど喜咲さんが見えて、走ってきちゃいました」

荒くなった呼吸を整えながら、美都の隣を歩き始める。駅はすぐそこだ。

「お疲れ様です。大須賀さんも千代田《ちよだ》線ですか？」

「あ、いえ。僕はあっちの南北《なんぼく》線を使ってます」

赤坂近辺は路線が密集していて、徒歩圏内にたくさんの駅がある。しかし、南北線の駅にしては方向が違う気がして、美都は「ん……？」と首を捻った。

「向こうの道から行った方が近いのでは？」

「実は、寄り道したい場所がありまして」

大須賀はポケットから携帯端末を取り出すと、画面をタップして美都に見せた。

ブラウザに表示されていたのは、色とりどりの花束だ。花の美しさもさることながら、ビジューがちりばめられたラッピングペーパーにレースのリボン、ハートのチャームがついていてとても凝っている。

こんなにもかわいらしいラッピングを見たのは初めてだった。

「すごくかわいい……すごくかわいい花束ですね」

思わず二回言ってしまった。大須賀が「ですよね」と頷く。

「この近くのお店なんですか？」

「ええ。この通りの裏側にあるお花屋さんだそうで」

「そうなんですね。初めて知りました」

隠れかわいいもの好きの美都のアンテナに引っかかる。自宅用に買うのもいいけれど、杏樹にプレゼントしたらとても喜んでくれそうだ。

「こういうの、妹が好きそうなのでプレゼントしてみようかなって。もうすぐ誕生日ですし、ちょうどいいので」

「なるほど、妹さん思いなんですね」

「いいように使われているお兄ちゃんですよ」

大須賀は苦笑して端末をポケットにしまう。

「そうだ。もしお時間があれば、喜咲さんも一緒に見に行きませんか？　結婚のお祝いにプレゼントしますよ」

誘われてぐらりと心が揺れた。プレゼントしてもらえるからというよりは、純粋にアレンジメントが好みだったのだ。

「いえ……そんな。プレゼントは申し訳ないので結構です。……ですが、お店自体には興味があります」

店の場所を確認しておけば、杏樹の誕生日や母の日などに、ひとりでも買いに来られる。

「じゃあ、ぜひ一緒に」

大須賀は大通りを逸れ、人の少ない住宅街に足を進める。表通りではなく、裏道にある花屋というのも珍しいなと美都は思った。

「それにしても、喜咲さんがお花に興味のある人でよかったな」

「それは、どういう……？」

「結婚祝いはもともと差し上げたいなと思っていたんです。なんていうか……僕の気持ち的に」

気持ちと言われてドキリとしたのは、以前『喜咲さんのこと、好きだったんです』と打ち明けられたからだ。柳川に連行されてうやむやになっていたが。

「いつまでも未練がましく引きずるのもよくありませんし。きちんとお祝いして、自分にけじめをつけたかったんです」

凛と前を向く大須賀を見て、安心すると同時に清々しい気分になる。

「大須賀さんは真面目な方ですね」

真面目で、とても真っ直ぐな人だ。歪んだところのない、綺麗な心の持ち主。

「それを言うなら喜咲さんこそ。本庄主任なんて、毎年ステラソフトの営業さんに喜咲さんをつけてほしいってお願いしているんですよ」

「そうなんですか？」

「ええ。担当していただけるなら、真面目で熱心な方がいいですから」

「光栄です。これからも、今以上に頑張ります」

うやうやしく一礼する美都を見て、大須賀は「今も充分頑張ってますよ」と笑みをこぼす。

そんなやり取りをしている間に、結構な距離を歩いた気がする。

入り組んだ住宅街に人通りはなく、どこか薄暗くて不気味だ。近くに店の灯りは見えないが、本当にこんな場所に花屋があるのだろうか。

時間が遅すぎてクローズしてしまったのでは、そう思った矢先、屋外駐車場の前で大須賀が足を止めた。

「……すみません。思っていた道と違ったみたいで」

どうやら迷ってしまったようだ。端末のGPSを地図と照らし合わせながら、辺りを確認している。

「ええと……お店の名前はなんでしたっけ？」

一緒に検索しようと立ち止まり、端末を手にして下を向いたところで。

「……喜咲さん。すみません」

突然、大須賀が背後に回り込み、美都の首を絞め上げるように腕を絡めてきた。

驚いて端末が手から滑り落ちていく。足もとでカシャンと割れたような音がして、画面の光が消えた。

目線をずらすと、首もとに銀色に光る刃物。一瞬なにが起きたのかわからず言葉を失った。

「僕の指示する方向に歩いてください。従ってくれない場合は、わかりますね？」

美都の体を押して、ゆっくり、ゆっくりと駐車場に入っていく。

あの誠実で優しい大須賀が自分にナイフを突きつけている——その事実が信じがたく、なぜこんなことになったのか、状況がまったく理解できなかった。

「大須賀さん……どうして、そんなものを持っていたんですか」

鈍い色をしたナイフに目線を落として恐る恐る尋ねると、大須賀はこれまで発したことのない冷ややかな声で答えた。

「僕が喜咲さんのように真面目な人間じゃないからです。今まで騙していてすみませんでした」

真っ直ぐで爽やかな好青年、警察官の鑑――そんな大須賀のイメージが音を立てて崩れていく。

「どうしてですか？　私に、なにか恨みが？」

好きと言ってくれたのも嘘なのだろうか？　尋ねてみると。

「喜咲さんに好意を抱いていたのは本当です。真面目で仕事熱心で、正しい生き方をしているあなたがすごく好きだった。ごく普通の会社員と結婚すると言われたなら、僕は心から祝福していたと思います」

でも、と言ってナイフを握る手に力を込める。

「警察官はダメだ」

ひやりとした刃が首に当たって、ぞくりと背筋が冷えた。

「あなたを警察官に、しかもキャリア組の人間に奪われるのだけは納得がいかなかった」

強く刃を押し当てられ、血の気が引いた。今にもナイフを引きそうな憎悪を含んだ声。

過去にキャリア警察官との間になにがあったというのだろうか。

「だからサーバーに仕掛けをして、あなたに疑いがかかるように仕向けたんです。出世の邪魔になる女は、さっさと切り捨てるだろうと思って。ですが、まさか逆に入籍してしまうなんて想定外でした」

大須賀の独白に愕然としながらも、背中を押されるがまま、ゆっくり、ゆっくりと足を進める。

ひとつ間違えれば首に刃が食い込み、鮮血が噴き出るだろう。そんな恐怖に搦めとられて足が震える。

「婚約破棄が目的だったんですか？」

「それは私怨です。〝組織〟としては、別の目的があります」

大須賀がナイフを持つ方とは反対側の手で携帯端末をかざす。画面に表示されていたのはネットのニュースだ。

【企業のサイバー攻撃被害件数、この夏過去最高に　組織的犯罪か】

覚えのあるニュースだった。まさかこれらの事件に――サイバー攻撃をするような犯罪組織に大須賀が関わっているというのだろうか。

「どうしてですか。市民を守る警察官なのに、なぜ」

「だからこそです」

携帯端末をしまった大須賀は、再びナイフに意識を集中させ、美都にあてがった。

「この国を正すためです。日本企業、警察組織、国家――いずれのシステムも脆弱すぎる。僕らのような、素人に毛の生えた程度のハッカーでも簡単に破れてしまうセキュリティなんです。公になっていないだけで、実際は多くの個人情報や国家機密が他国に抜き取られている。日本は搾取されているんですよ」

大須賀が興奮気味に語る。こんなに熱弁を振るう彼を初めて見た。

「警鐘を鳴らす必要がある。僕らは必要悪なんです」

怒りと喜びが入り混じる声。

狂気としか思えないその感情に、美都は倫理が通じない相手だと直感した。

＊＊＊

警視庁庁舎の一室に美都を呼び出し、聴取を終えたあと。

哉明と柳川は情報管理課の職員にも聴取を行い、疑惑が上がっているサーバー室での作業について、手順を詳しく確認した。

　ふたりは捜査本部に戻る道すがら、今後の方針を確認する。

「ひとまず、喜咲美都は被疑者のリストから外す」

「嬉しそうですね。まあ、異論はありません。あの手順ではいたずらのしようがありませんから」

　サーバー室での作業は、犯罪防止のために様々なルールや承認作業が課せられている。それらに則った美都の行動になんの落ち度もなかった。

　柳川がハンドルを握り直しながら、ふと切り出す。

「ところで、喜咲美都に同行を求めたとき、少々気になることが」

　柳川はなんの根拠もなく違和感を口にする人間ではない。十中八九、普通ではないなにかが起きたのだと哉明は判断する。

「なんだ？」

　尋ねると柳川は、自身の思考を整理するように切り出した。

「まず喜咲と一緒にランチをしていた男性が、彼女の手を親しげに握っていたことと――」

「は？　誰だそいつは今すぐ連行しろ」

「……冗談はそれくらいにして」

「待て、今のは冗談なのか？　手を握ってたってのは冗談なんだな？」

しつこく食い下がってくる哉明に、柳川はひとつ咳払いをする。

「――その男性について」

「おい、スルーするな」

「妙に勘が鋭くて違和感を覚えました。今朝のサイバー攻撃について、一般職員には不具合のため一部システムが使えなくなったとしか通達していなかったにもかかわらず、彼は『警視庁内のサーバーに問題が起きた』と口にして、嫌疑が喜咲に向かうことも把握しているようでした」

強引に話題を本筋に戻すと、ようやく平静を取り戻した哉明が、深刻な顔で眉をひそめた。

「その男は警視庁の職員か？」

「はい。戻り次第、人物の特定とこの数日間の行動を洗い出します」

「その男を重要参考人として、身元や庁舎内外の行動、ＰＣの中身を徹底的に洗え」

鋭く指示する哉明を、柳川は運転を続けながらちらりと覗き見る。

「……重要参考人はやりすぎでは。私怨ですか？」

「バカ言うな。その男は美都に好意を持っているんだろ？ 彼女を犯人に仕立て上げようとしたのも説明がつく。捻じ曲がったストーカー的情愛か、俺との結婚を邪魔したかったのか……。あんなプログラムを作り上げる知能犯があえてバレバレな小細工を仕掛けてきたんだ、俺への挑戦かもな」

いつも通りの上司の判断力に安堵したのか、柳川は息をつく。

しかし——。

「……美都の手を握ったのは許さねえけどな。必ずしょっぴいてやる」

ぼそりと呟かれたひと言に、柳川は物憂げなため息を漏らした。

その日の夜、美都に容疑が晴れた旨を説明し、婚姻届を提出した。

翌日の夕方には大須賀の情報があらかた出揃い、より詳しい報告が入った。

「情報管理課第四係所属、大須賀俊介、三十歳。二年前より赤坂庁舎にて勤務。三歳のとき、両親が離婚して母親に引き取られ、その母親も十六歳で死別。その後、妹とも死別しています。大学では情報学を専攻。入庁時の身辺調査ではなにも出ていませんが、CITの独自システムで洗い直した結果、極右の団体と関連している可能性が出てきました」

「おあつらえ向きの経歴じゃないか」

柳川の報告に、哉明はニッと口の端を吊り上げた。

「とくに気になるのは、母親が生前、死者二名を出した殺人事件に巻き込まれており、聴取の直後に亡くなっていることです。捜査資料には鎌亀特捜部長の名前が。当時、彼は警視庁に出向し、捜査一課の上級役職を務めていました。聴取を指示したのも彼のようです」

「死因は？」

「突然死となっていますが、もともと心臓の疾患があったようで、急激な病状の悪化といったところでしょうか」

鎌亀率いる捜査一課の聴取が、母親の死因に直接的な関係はなかったとしても、大須賀が逆恨みしている可能性は充分にある。

（……聴取時の警察の高圧的な態度、極度のストレスで病状が悪化したと、身内なら考えるだろう）

鎌亀を恨む理由としては充分だ。彼が率いるサイバー特別捜査部への挑発行為も説明がつく。

「なお、喜咲美都の警視庁内サーバー作業にも関与。喜咲はリリース前の検品作業のため、プログラムの入ったディスクを一度大須賀に手渡しています。悪意のあるプログラムを仕込んだとすればこのタイミングでしょう」

「あとは証拠だな。大須賀が庁舎内で使用しているＰＣの調査は？」

「九割完了。証拠自体は見つかっていませんが、不自然な削除履歴を発見。現在復元中です」

「人員を確保しておけ。解析が終わり次第、任意の聴取に移る。現在の大須賀の位置は？」

「少々お待ちください」

すると、入退庁履歴と監視カメラの映像を確認した捜査員が声をあげた。

「大須賀はすでに退庁……庁舎外で参考人の喜咲と接触しました！」

哉明が顔をはね上げる。すぐにポケットから携帯端末を取り出し、美都の番号を表示させて、柳川に投げた。

「すぐにＧＰＳで追跡しろ」

「わかりました」

「あの付近の大通りには管轄の監視カメラがあったはずだ」

「うち一台でふたりの姿を確認。駅方向から逸れ、住宅街へ入っていくようです」

哉明はチッと舌打ちし、その身を翻す。

「獅子峰さん⁉　どこへ」

「まだ大須賀の任意同行には踏み切れない。捜査が及んでいると怪しまれれば、全証拠を消される恐れがある。俺が直接出向くのが一番、ごまかしが利く」

哉明は美都の夫。ふたりを見かけて追いかけてきたと言っても不自然には思われない。

――いや、詭弁《きべん》だ。美都の身に危険が及んでいるというのに、じっとしてはいられないというのが本心だ。

「この先、大須賀が向かいそうな場所は？」

柳川はマップをモニターに映し出し、GPS座標を反映させる。

「その先は住宅街や駐車場しかありません。ですが、大須賀と関連が疑われる人物が、近くの駐車場を契約しています」

「柳川、足の手配を。ここを頼んだ」

哉明はすぐさま捜査本部を出て、柳川が手配した車の後部座席に乗り込んだ。

一緒に乗り込んだ隊員が端末に捜査情報を表示し、哉明へ見せる。

本部から赤坂まで五分強。車を発進させて間もなく、捜査本部から通信が入った。

『大須賀の警視庁端末、復元完了！　不正プログラムとコードが一致！』

　これで連行するための証拠が出揃った。あとは逮捕状を請求するだけである。

　そのとき、本部の捜査員から再び通信が入った。

『喜咲のGPSの信号が途絶えました！　端末の電源が落とされた、あるいは破壊されたものと思われます。場所はマーク中の駐車場前』

　大須賀が実力行使に出た可能性がある。

（美都……！）

　焦燥が一気に背筋を駆け抜ける。だがここで焦って選択を間違えば、美都を危険に晒すだけだ。

「所轄に応援要請！　付近に配備させろ！　サイレンはこちらの動きが知られるまでは鳴らすな。俺は単独で先行する」

「獅子峰隊長がひとりで行かれるのですか⁉　我々も――」

「俺だけなら捜査とは無関係だと白を切れる。人質を危険に晒したくない」

　隊員が差し出したインカムをすぐさま装着する。透明なプラスチック製の無線イヤホンで、夕闇も幸いして相手からは見えないだろう。

「そこで降ろしてくれ。被疑者は車で逃走する可能性がある。すぐに追えるようにしておけ」

車内待機を命じ、インカムの向こうにいる捜査本部の面々に「行ってくる」と告げる。

車を降り足音をころして近づき、駐車場手前の角を曲がったところで、あえて足音を響かせてゆっくりと歩く。

偶然を装い駐車場の前に行くと、落ちていた美都の携帯端末を拾い上げ、周囲を見回した。

第八章　彼にだけ許す表情

「喜咲さんはすごいですね。刃物を向けられても、動じず毅然としている」

いまだ銀色の刃は首筋に押し当てられたままだ。美都はなんとか声を絞り出す。

「そう見えているだけです」

「とても冷静に見えますが。そういうところがキャリア警察官のお眼鏡にかなったんでしょうか」

「それは違うと思います」

哉明なら美都の顔色を読んで、怯えているとすぐに気づくだろう。

「冷静な女には見られていないので」

「夫にしか見せない顔がある、ってことでしょうか。喜咲さんにとって、かけがえのない方なんですね」

大須賀が寂しげに笑う。

「それが警察官だなんて、とても残念です」

背後でカチッとボタンを押す音が聞こえて、同時に正面の車のライトが点滅した。

車のロックを解除したらしい。美都を連れてどこかへ行くつもりだろうか。

「私を人質にしてどうするんですか？」

「正直言って、やけくそな面が大きいです。捜査の手は伸びてきているので、僕が捕まるのは時間の問題かと。だったらせめて、大きな事件にして世間の注目を集めたい」

「それも『この国を正すため』ですか？」

「そっちは私怨かな。裁きたい人がいるんですよ。世間の注目を集めれば、マスコミが裁いてくれるでしょうから」

「裁きたい人……？」

そのとき、道の向こうから足音が響いてきた。大須賀が車の陰に美都を引きずり込む。

しゃがんで様子を見ていると、長身の男性が駐車場の前で足を止め、落ちていた美都の携帯端末を拾い上げた。

こちらを向いた男性の顔が街灯に照らされて、くっきりと夕闇に浮かび上がる。

（哉明さん……！）

その時、背伸びをした美都の足もとで、じゃりっと石を踏む音が鳴った。

大須賀が「チッ」と舌打ちし、美都を強く拘束する。

「美都？　そこにいるのか？」

哉明がゆっくりとこちらに近づいてくる。堂々と歩く姿から、こちらを警戒している様子はうかがえない。

凶器を持った人間が潜んでいるとは予想もしていないのか、あるいはあえて誘っているのか……。

大須賀は耳もとで「勝手なことはしないで」と念を押すと、背中にナイフを押し当てたまま、美都を連れて立ち上がった。

薄暗い駐車場。車の陰で動くなにかに気づき、哉明の視線がこちらに移る。

「美都！　そんなところにいたのか。……その人は？」

近づいてくる哉明に大須賀は「止まれ」と威嚇し、美都を背後から抱きかかえて首筋にナイフを当てた。

「っ、どういう、ことだ？」

狼狽《ろうばい》した哉明が足を止める。大須賀は「白々しい演技をしないでください」と冷ややかに吐き捨てた。

「こうなると予想してここに来たんでしょう？　ＣＩＴの隊長さん」

哉明は顔を知られていたことに驚きながらも、抵抗するつもりはないらしく、すぐに両手を上げた。

「俺は美都と連絡が取れなくなったから、心配して来ただけだ。このGPSを頼りに」

落ちていた携帯端末を見えるように振りながら、緊張感の漂う声で言う。

「取引をしよう。美都を解放してほしい。その代わり、君のあとは追わない」

「どうせ外に大量の捜査員を配備しているんでしょう？　逃げられやしないと踏んでいる、違いますか？」

哉明は無表情のままだ。

なんとなく、大須賀の言う通りなのだろうと美都は思った。偶然にしてはタイミングがよすぎるし、無策で乗り込んでくるような人だとも考えられなかったからだ。

「昨晩から今朝にかけて、警視庁内の僕の端末に外部から侵入した形跡がありました。気づかないとでも？」

「……そこまでわかっているなら、なおさら投降してくれ。君は思想犯だ。こんな罪の重ね方をするのは不本意だろう」

哉明が腕を下ろし演技をやめる。最初から大須賀と交渉するつもりで、ひとり乗り込んできたようだ。

「僕には僕の目的がある。彼女を解放するわけにはいかない」

「それは鎌亀洋一への復讐か？」

大須賀はその人物に覚えがあったようで、身を強張らせる。ナイフの切っ先を美都から哉明に移し、忌々《いまいま》しげに吐き捨てた。

「あの男は無実の母に拷問のような聴取をした。その日の夜、母は心臓発作で亡くなり、全身にできた痣は病院関係者によって隠蔽された。妹も母のあとを追うように心臓病で亡くなって、以来、ふたりの無念を晴らすことだけを考えて生きてきたんだ。似たような思想を持つ連中と手を組み、敵の懐に潜り込むためだけに警察官になった」

「お前の言い分はよくわかった。だが、それこそ美都は無関係だろう。お前にはお前の正義があって、矜持《きょうじ》があるはずだ。こんなところで無意味な罪を重ねるな」

「意味はある。僕があの男を裁けなくても、マスコミが裁いてくれる。大きな事件になればなるほど、世間は犯人の生い立ちに興味を示すはずだ。僕の過去を調べ上げれば、鎌亀の名前も出る」

憎々しげに言い放つ大須賀から目を逸らさぬまま、哉明は耳に手を持っていった。はめていた小さな透明の塊――無線イヤホンのようだ――を取ると、落として足で踏みつける。じゃりっという、プラスチックが砕けた音がした。

「なにを……！」

「インカムを壊した。これで俺たちの会話が上に聞かれることはない」

壊れたプラスチック片を見せつけるようにこちらに蹴り飛ばし、哉明は腕を組む。

「今度こそ取引しよう。俺が鎌亀洋一を失脚させてやる」

「なにを言ってるんだ、あんたは」

「あの男は警察庁内でも悪名が高い。過去になにをしていようが驚かないよ」

大須賀が警戒心をあらわにする。だが興味はあるらしく、哉明の話にじっと耳を傾けている。

「つまり、君のほかにも被害者がいるって話だ。過去の横暴な行いが明るみに出れば、上も裁かないわけにはいかない。キャリア組ってだけで胡坐をかけた昔とは時代が違うからな」

「……お前が僕に代わって、あの男を粛清する、と？」

「俺は俺で、あの男がいると自由に動けなくて困るんだ。組織に溜まった膿《うみ》を出し切りたい。利害は一致しているだろう？」

大須賀は美都から腕を離し、両手でナイフを握って哉明へ向ける。

「代わりに僕を逮捕するって？　そんな一方的な提案、呑むと思ってるのか」

「所轄の検問に引っかかって、その辺にいる犯罪者と同じように裁かれるより、ずっと有意義だろ。俺に捕まえさせろ。お前の無念を晴らしてやる」

「信用できるわけないだろう。お前ら警察はすぐに嘘をつく」

「俺は違う」

堂々とした哉明の態度に、大須賀の心が揺れているのがわかる。

遅かれ早かれ捕まるのだとすれば、少しでもマシな捕まり方を――提案を呑むべきではないか、極限の選択を迫られている。

「……なら、僕からも取引させてくれ」

ごくりと息を呑み刃を握り直すと、哉明を真っ直ぐに見据えた。

「喜咲さんとの離婚、それが条件だ。離婚が確認でき次第、組織の名簿をお前に渡す」

哉明がわずかに目を見開いた。そして美都も。背筋を冷気が駆け抜けていくのを感じる。

(私が哉明さんと離婚すれば、犯罪組織の名簿が手に入る……)

哉明は手柄を立て、今以上に出世できるかもしれない。でも……。

美都は祈るような気持ちで哉明を見つめる。

「お前たちキャリア組は出世しか考えていない。喜咲さんを手放すことで手柄が立てられるなら本望だろう。どうせ女なんて、綺麗な駒くらいにしか思っていないはずだ。

替えだっていくらでもいる、そうじゃないのか？」

大須賀が挑発するように鼻で笑う。

その言葉が美都の胸をじわりと抉った。心の奥に不安という名の闇が広がっていくのを感じる。

哉明は美都より出世を選ぶだろうか。それがキャリア警察官としての正しい選択なのかもしれない。

しかし――。

（離婚したくない……）

たとえそれが哉明のためだとわかっていても、彼のそばにいたいと願ってしまう。

ぎゅっと目を瞑って恐怖に耐えていると、やがて凛とした響きを持つ声が彼の口から発せられた。

「その取引は呑めない」

目を開けるとそこには、揺るぎなく冷静な目をした哉明がいた。

「美都は譲れない。妻を天秤《てんびん》にかけなきゃならない手柄なら辞退する」

（哉明さん……）

出世よりも妻を選ぶ――美都は心の中で『どうしてそんなことを』と非難する反面、

安堵してもいた。

哉明からの確かな愛を感じる。あのプロポーズの言葉は本物だった。

「名簿などもらわなくても、自力で全員捕まえてみせるさ。美都、ゆっくりこっちに歩いてこい」

哉明がこちらに手を伸ばす。美都は指示されるがまま、一歩、二歩と歩き出し、応えるように哉明に向けて手を伸ばした。

「動くな！　僕はお前を信じるとは言っていない！」

「決断を急げ。異変を察知した捜査員がすぐに駆けつけてくる」

美都はさらに一歩を踏み出す。背後の大須賀の反応を探りながら、神経を逆撫でしないように、ゆっくりと。

伸ばした手が哉明の指先に触れる、その瞬間、大須賀が大声を出して動いた。

「警察は信じない！」

「美都、来い！」

ふたりがそう叫び美都に手を伸ばしたのは同時だった。

先に美都の腕を掴んだのは哉明だ。強く引いて大須賀から引き離すと、庇うように抱き寄せた。

「聖人ぶるな、欲にまみれたキャリアどもめ！」

人質を奪われ逆上した大須賀が、ナイフを振り上げて襲いかかってくる。

「美都、伏せてろ！」

美都を背後に突き飛ばし、自身は大須賀の行く手を遮るように正面から立ち向かう。

「哉明さん！」

へたり込んだ美都。振り向くと、庇うように立ち塞がった哉明が、胸もとにナイフを突き立てられているかに見えた。

「っ……‼」

悲鳴をあげそうになる。

しかしよく見れば、哉明はナイフを持つ腕をしっかりと掴んでおり、体を半回転させ勢いをいなし、大須賀を地面へと組み伏せた。

「ぐあっ――」

大須賀がコンクリートに胸を強く打ち付けて悲鳴をあげる。さらに哉明は大須賀の腕を強く捻り上げ、その背中に膝を乗せた。

「被疑者確保！」

哉明の声を合図に捜査員たちが応援に駆けつけてくる。付近で待機していたのだろう。

捜査員は無線機に向かって「被疑者を取り押さえました！ 至急応援を回してください」と呼びかけ、哉明のサポートに回った。

途端にパトカーのサイレンが重なり合って鳴り響く。大須賀の予想通り、周囲を取り囲んでいたらしい。

「十八時五十五分、強要罪及び公務執行妨害で現逮」

そう言って哉明が大須賀の手首に手錠をかける。

「サイバー犯罪関連についてはおいおい追及する」

大須賀は哉明の下であきらめたように自嘲する。

「やっぱり騙していたんだな……」

「内部の膿を出し切りたいのは本心だ。お前の無念は必ず晴らすと約束する」

誠実に答えた哉明に、大須賀は「チッ」と舌打ちし脱力した。

「美都。ケガはないか？」

駆けつけてきた制服の警察官たちにその場を任せ、哉明は美都のもとに膝をつく。

「はい、大丈夫です」

まだ呆然としていて、感覚がない。自分の心臓はちゃんと動いているのだろうか。

哉明が胸にナイフを突き立てられたように見えたあのとき、全身が凍りついて、心臓が確かに止まったと思ったのだけど。

「……どこが大丈夫だ」

哉明が呆れたように息をつき、美都の手を持ち上げる。転んだときに手をついたせいだろう、手のひらが擦り剥けて血が滲んでいた。

「あ」

さらに違和感に気づき、へたり込んだまま膝を立てる。パンツスーツのボトムスの膝も破れて血が滲んでいた。

「……手荒な真似してすまなかった」

突き飛ばしたことを言っているのだろう。だがあれは咄嗟に美都を庇ったからだ。当の哉明は真っ向からナイフを受け止め、さらに危険な目に遭っていたのだから。

「こんなのは、平気です……そんなことより」

事件が収束した安堵からか、いつも通り毅然とした哉明の顔を見たせいか。

じわりと目から涙が溢れてきた。

「哉明さんが無事でよかった」

次々と涙がこぼれ落ちてくる。なぜだろう、普段は冷静な顔をしていられるのに、哉明のそばにいるとそれができなくなる。

哉明は小さく吐息を漏らすと、美都の頭を撫でて労わり、そして。

「もう大丈夫だ」

そっと抱き寄せて震える美都を包み込んだ。


聴取を終えたあと、美都は哉明の車で実家まで送り届けてもらった。

これから先、哉明は忙しくなるという。自宅に帰れない日が続くかもしれない。怖ろしい目に遭った美都をひとり家に置いておくわけにはいかないという配慮だ。

大須賀を確保したことで、哉明率いるCITは、世間を騒がせていたサイバー犯罪集団の幹部を検挙する実績を挙げた。マークしていたもう一名も捕まり、ほか数名の情報も掴めたという。

ここから先はスピード勝負だ。もたもたしていれば犯人たちは証拠の隠滅を図り逃げてしまう。CITのトップとして、この件が落ち着くまでは捜査本部に常駐するそうだ。

加えて大須賀との約束もある。警察庁の膿を出し切り、彼の無念を晴らす――この件と並行して内々に調べを進めていくそうだ。

美都の両親と顔を合わせた哉明は、すぐに事情を説明して深く頭を下げた。

「美都さんを危険な目に遭わせてしまい、申し訳ありませんでした」

娘が事件に巻き込まれたと聞いて驚く両親。美都は「謝らないでください」と哉明の顔を上げさせる。

「哉明さんは身を挺《てい》して私を守ってくれたんです！　わざわざ現場に来てナイフを持った犯人を説得して、危険な目にも——」

両親に向けて必死にフォローしていると、杏樹が「大丈夫よ、美都ちゃん」と穏やかに笑った。

「哉明さんを責めるつもりなんてないわ。ちゃんと守ってくれたから無事に帰ってこられた、そうよね？」

その言葉に隼都も姿勢を正し、深く腰を折る。

「娘を守ってくださって、ありがとうございました」

両親が理解してくれたことに、美都は安堵する。

哉明は照れたようにほんのり目もとを緩めて、再び深く頭を下げた。

その日の夜。杏樹に「その手では体が洗えないでしょう？」と押し切られ、一緒にお風呂に入った。

　両手のひらと右膝に耐水性の絆創膏《ばんそうこう》。ひとりで入浴してもまったく問題ないのだが、杏樹が妙に張り切っているので髪を洗ってもらった。

「しっかりトリートメントして、女を磨きましょうねえ」

　杏樹が好んで使っている美容室専売のアロマトリートメントは、ジャスミンが優しく香り、心が安らぐ。髪も艶々になって、指通りがよくなった。

「これ、すごくいい香りですね」

「気に入った？　なら、ボトルをひとつ持って帰るといいわあ。哉明さんと一緒に楽しんで」

　一緒にというのはまさか……。いやいやと美都は心の中で否定する。それぞれお風呂に入って楽しんで、という意味だろう。

　しかし杏樹は見透かすようにくすくす笑う。

「もしかして、哉明さんとお風呂、ご一緒したことないの？」

「す、するわけありません！」

「あら、そうなの？　美都ちゃんたら恥ずかしがり屋ねえ」

　美都はのぼせてもいないのに、顔が熱くなってきた。ごまかすようにシャワーを浴びる。

ボディソープも同じメーカーのようで、今度は上品なローズの香りがした。

「か、体は自分で洗えるので大丈夫です」

「遠慮しないで。傷口に石鹸が触れたら痛いわよお？」

「大丈夫です、最近の絆創膏は高性能ですから」

背中だけ杏樹にお願いして洗い流してもらう。

一足先に洗い終わった美都は、乳白色のバスタブに浸かりながら、洗い場の杏樹を観察した。

相変わらず豊満な胸だ。残念ながら遺伝子が違うので、美都の胸とは似ても似つかない。

「どうしたの？　そんなにまじまじ見つめちゃって。最近、お腹が出てきちゃったかしら」

杏樹が心配そうに自身の腹部を撫でる。

「出てないので大丈夫です。胸はきちんと出ていますが……」

予期せず自虐になってしまい落ち込む。無表情になる美都に、杏樹は朗らかに目を細めた。

「そういえば美都ちゃんのお胸、少し大きくなった気がするわね。哉明さんにたくさん愛してもらっているからかしら？」

慌てて胸を押さえて湯船に沈んだ。愛してもらうと胸って大きく育つものなの？

水面に口を沈めてぶくぶくさせている美都を眺めて、杏樹は「ふふふ」と実に楽しそうだ。

「美都ちゃん、哉明さんのもとに嫁いで少し変わったわね。さっきも一生懸命、哉明さんを庇っていたでしょう？　今までの美都ちゃんなら、そうはしなかったと思うの」

「……変わったのかどうかはわかりませんが」

美都はおずおずと水面から口を出す。

「お義母さんが言っていた〝素敵な男性に巡り会えれば幸せになれる〟という意味はわかった気がします。他者に興味を示さなかった以前の私を〝もったいない〟と形容していた理由も」

杏樹は満足そうに目を細めながら手脚を洗っている。美都の心の変化が心から嬉しいのだろう。

「それから、誰かのためになにかをしたい、という気持ちも」

「哉明さんのためになにをしてあげたいの？」

「お料理とか、お掃除とか……普通ですけど」

「その普通がと～っても大事なのよ」

シャワーで体を流し終えた杏樹が、バスタブに入ってくる。危うくお湯が溢れてしまいそうになったので、美都は姿勢を正して胸もとまで浸かった。

杏樹も同じくらいお湯に浸かっているのに、胸もとの丸みが全然違う。

愛されたらこのくらい大きくなるだろうか……いやいや、都市伝説のようなものだ、真に受けてはいけない。

「それから」

美都が今朝を振り返りながら、ぽつぽつと話し始める。

「今日は髪型を変えてみたんです。アップにしたら、似合っていると言ってもらえて」

「やっぱりそうなのね！　あのバレッタを使ってくれたから、私、すごく嬉しかったの！」

「服は……雑誌を読んでみたのですが、なにがいいのかよくわからなくて」

「決まりだわ。週末はお買い物ね」

杏樹が顎に手を添えてキリリと答える。

これまでは買い物など面倒だと思っていた美都だったが、今日ばかりはぺこりと頭を下げた。

「よろしくお願いします」

「任せて。美都ちゃんにぴったりで、とってもかわいいお洋服を選んであげる」

「お手柔らかにお願いしますね？」

おっかなびっくりながらも、新たな一歩が踏み出せそうな気がした。


哉明が迎えに来てくれたのは、翌週の週末だった。

まだ事件がすべて片付いたわけではないが、家に帰れる程度には落ち着いたという。

土曜日の午後。車から降りた哉明は、実家の玄関で待っていた美都を見て絶句した。

「その格好……」

秋を意識したワインレッドのブラウスに、チョコレートカラーの巻きスカート。肩にマスタードとブラウンのチェック柄のストールを巻いている。足もとは上品なショートブーツを履いた。

バッグはブランドもので杏樹からのプレゼントだ。かわいい中にも気品があって、美都も気に入っている。髪はアップにして、毛先を緩く巻いた。

「うちの美都ちゃん、とってもかわいくなったと思わない？」

杏樹が自信満々に哉明に尋ねる。

「ええ。いつにも増して素敵です」

哉明がふんわりと頬を緩めたのを見て、美都は安堵する。

「美都。婚約指輪とネックレスの調整がついたそうだ。このあと表参道に寄っていきたいんだが」

「はい、ぜひ」

美都が頷くと杏樹は「デートね！　おいしいものでも食べてくるといいわあ」と手を打ち合わせた。

隼都はほんのり寂しさを滲ませながらも、笑顔で娘を見守る。

「美都。元気でね。またいつでもおいで」

「お父さん、ありがとう。行ってきます」

両親に見送られ家を出るのは二回目のはずなのに、今度は切ない気持ちが押し寄せてきた。

哉明と入籍し、ともに生きていくと決めたからだろう。これから美都が生活する家はここではない。両親に会いたいと望めばいつでも会えるけれど、どこか寂しさを感じる。

「そうだ、哉明さん」

哉明が運転席に乗り込む直前、杏樹が声をかけた。

「美都ちゃんたら、手の擦り傷がまだ痛むみたいなの。お風呂で髪や体を洗うときに困るだろうから、手伝ってあげてね」

そのひと言に隼都はかちんと凍りつき、哉明も人当たりのいい笑顔のままフリーズした。

それはつまり、一緒にお風呂に入ってやれということか。最後になんてとんでもない爆弾を投下してくれたのだろう、彼女は。

「お、お義母さん！」

助手席で非難の声をあげる。対して哉明は笑顔のまま「お任せください」と答えた。

隼都はあきらめたのか、空を見つめたまま目を閉じた。現実から逃げ出したいときに目を閉じるくせは娘と同じだ。

「じゃあね、気をつけていってらっしゃい」

笑顔の杏樹と、遠い目をした隼都に見送られ、車が都心に向かって走り出す。

目指すは表参道、婚約指輪をオーダーしたジュエリーショップだ。

両親たちの姿が見えなくなったあと、美都はただでさえ低めの声をいっそう低くして運転席の哉明に告げた。

「哉明さん。擦り傷は完治しておりますので、お気遣いなく」

「だが、お義母さんにああも言われたらな。約束を守らないわけにはいかないだろ」

「大丈夫ですっ、ご心配なく。お風呂はひとりで入れますからっ……！」

哉明はくつくつと笑いながらハンドルを握っている。

しばらくして車はジュエリーショップに到着した。

ふたりが足を踏み入れた瞬間、スタッフがやってきて「ようこそお越しくださいました」と奥の個室へ案内してくれる。

「取り寄せにお時間をいただき恐れ入ります」

そうは言っても最速で手配してくれたのだろう、完成まで一カ月とかからなかった。

スタッフは奥のケースからジュエリーを丁寧に運んできてくれる。

「こちらが婚約指輪とネックレスでございます」

忘れな草をモチーフにした愛らしいリングとネックレスが目の前に置かれる。

スタッフはリングを美都の左手の薬指にはめ、サイズを確認した。

「よくお似合いです。サイズもちょうどよろしいかと」

美都は自身の指に輝くダイヤをじっと見つめる。

哉明と婚約した証――この愛らしい忘れな草は、ふたりが愛を育んだ軌跡のひとつでもある。

指輪のフィッティングが終わると、次はネックレスだ。スタッフは美都の背後に回り込み、首のうしろで留め金をはめた。

「今日のお洋服にもとてもよくお似合いですね！」

首もとにリングとお揃いの忘れな草がきらりと輝く。

鏡を見つめながら珍しく微笑んでいる美都を見て、哉明は満足そうに目を細めた。

「取り寄せたばかりで済まないが、次は結婚指輪を見せてもらえないか」

哉明の申し出に、スタッフたちもキラキラと目を輝かせ始める。

「ご結婚おめでとうございます！　すぐにお持ちいたしますね」

今日も大きな買い物になりそうだ。

これも愛の大きさを表しているのだろう、美都はふふっと笑みをこぼしながら、そっと目を閉じた。

第九章　たっぷりと時間をかけて

その日の夕食は、以前も足を運んだ本格イタリアンレストランに決めた。気取らず上品で、落ち着いているこの店を美都は気に入っている。

今日もテーブルの中央にマルゲリータのピッツァを置いて、ふたりで摘まみながらそれぞれパスタを食べている。

美都はポルチーニ茸を使った濃厚なフィットチーネを、哉明はフィットチーネよりさらに太くて食べ応え満点のパッパルデッレのボロネーゼをオーダーした。

「大須賀があらためてサイバー犯罪に関与した疑いで起訴された」

犯罪組織の検挙は進んでいるらしく、大須賀自身も捜査に協力的なようだ。

「大須賀さんの無念は晴らせそうですか？」

「今後の裁判で鎌亀──大須賀を苦しめたキャリア警察官の名前が挙がるだろう。注目度の高い裁判だ、メディアも放ってはおかない」

哉明の独自調査も進んでいるという。犯人を捕まえて終わりにしないところが彼らしい。

「俺たちが鎌亀の不正を明らかにすれば、告発に近い形にはなるが、メディアに主導権を握られて槍玉に挙がるよりは、自分たちで裁いた方が幾分かマシだと上も考えている。警視総監からもよろしく頼まれたよ。大須賀との因縁は、鎌亀が警視庁の捜査一課を仕切っていたときの負債だからな」

「警視総監って……警視庁のトップの方ですよね？　そんな方から頼まれるなんて、哉明さんはすごいですね」

すると、哉明は「美都には言ってなかったか？」と意外そうな顔をした。

「警視総監は、俺の叔父だ。父の弟だよ」

「……へ？」

初耳だ。父は大企業の経営者で、その弟は警視総監――どんなサラブレッドだ。

「美都のお義母さんが『娘の恩人を捜してほしい』と持ちかけた相手が叔父だったそうだ。それで俺じゃないかって話になって」

「……そうでしたか」

つまり杏樹は、哉明の叔父が警視総監であることも知っていたわけだ。

とんでもない男性を縁談によこしたものだと美都は呆れかえった。

いつか警視総監にも結婚のご挨拶に行くのか……そう考えると少々気鬱だ。

「まあ、話を戻すが。いずれにせよ、鎌亀にはなんらかの処分が下されるだろう。場合によっては懲戒免職もあり得るな」

鎌亀にきちんとした罰が下れば、大須賀も罪を償って真っ新な気持ちで新たな人生を踏み出せるだろうか。

復讐だけを考えた人生など悲しすぎる。今後は自分のために生きてほしい。亡くなった母親や妹もそれを望んでいるのではないだろうか。

「ところで美都。ずっと気になっていたんだが」

ふと視線を上げると、哉明が美都をじっとりとした目で睨んでいた。

「大須賀とはどういう関係だったんだ？」

はて？と首を傾げる。彼はいったいなにを聞き出したいのだろう。

「よく仕事でご一緒させていただいてました」

「仕事……以外は」

「以外、ですか？」

なにを疑われているのか、本気でわからない美都だ。哉明は業を煮やして美都を問い詰める。

「事件のあと、街中にある防犯カメラの映像を確認したんだが、あの日、大須賀に誘い出されてほいほいとついていっただろう。普段からあんな感じだったのか?」

「あの日は確か、アレンジメントの素敵な花屋さんに案内すると言われて――」

ふと、あの綺麗な花束の画像を思い出す。あれも美都をおびき出すための嘘だったのだろうか。それとも、あのお店はどこか別の場所に実在する?

「……ちょっと哉明さん、今度大須賀さんに聞いてみてくれませんか? あの花屋さんは実在するんですかって」

「いや、そんな気軽に世間話できる場所じゃないからな拘置所は」

「じゃあ、自力で探すしかありませんか。お義母さんへのプレゼントにしようと思っていたんです」

ネットの検索機能を駆使すれば見つけ出せるだろうか。あの画像だけでももらっておけばよかったと後悔する。

考え込む美都をよそに、哉明は「そうじゃなくて」と焦《じ》れた声をあげた。

「普段からそうやって、ふたりでよく出かけたりしてたのか?」

「いえ。初めてでしたけど」

「……庁舎でも、周囲に隠れてこっそり手を繋いでいたと聞いたが」

「手を……?」

一瞬、なにを言われているのかわからなかったが、しばらく考えて思い出した。

きっと庁舎の休憩スペースで一緒に昼食をとっていたときのアレだ。

(そういえば、手を重ねられた直後に柳川さんが来たっけ)

報告されたのかもしれない。もしかして浮気を疑われている?

「哉明さん。それは嫉妬ですか?」

「は? そんなわけないだろ。嫉妬なんてする必要がない。どう考えても大須賀より俺の方がいい男だからな」

虚勢を張っているのが美都にもわかった。

哉明が嫉妬してくれている——その事実が嬉しくて頬がにんまりする。焦る哉明の顔がかわいい。

(こんないじわるな気持ちが私の中にあったなんて、知らなかった)

妙な発見をした。でも誤解は解いてやらなければ、少々かわいそうだ。本気で拗ねてしまっても困る。

「大須賀さんとはなにもありません。手が重なったのも、たまたまで」

「たまたまぁ!? たまたまで男と手が重なるかよ」

「たまたまったらたまたまです。私の方にやましい気持ちはありません」

「おいそれ、相手にはやましい気持ちがあるって認めたようなもんだよな？」

哉明は引き続きじっとりとした目で美都を観察している。

「本当に、たまたま手が触れただけです。大須賀さんと特別なことはなにもありませんでしたよ」

本当は告白されたけれど哉明が知る必要はない。心の中でそう言い訳していると。

「今、嘘をつかなかったか？」

「え？」

哉明を安心させるための嘘が裏目に出て、余計に不安をかきたててしまったみたいだ。

（顔色が読めるっていうのも、難儀だなあ）

仕方がないので、素直に言うしかないと腹をくくる。嫉妬を煽《あお》ってしまうかもしれないが、哉明に優しい嘘は通用しないのでやむを得ない。

「もしも婚約者を信用できなくなったら僕を頼ってほしい、と言っていましたね。あの頃からキャリア警察官に対して不信感を抱いていたようです」

「で。なんて答えたんだ」

「丁重にお断りしましたよ。私は婚約者を信じていますって」

哉明はようやく納得したのか押し黙って、目の前のマルゲリータを頬張った。

「お前、俺が嫉妬しているのを見て喜んでただろ？」

「……意外と悪い気分ではありませんでした」

ふふんとほんのり目もとを緩め、美都もマルゲリータを頬張る。トマトの酸味とチーズのコク、バジルの爽やかな香りが絡み合っておいしい。

すると、哉明が狡猾な笑みを浮かべて囁いた。

「嫉妬されて喜ぶなんて、俺の日頃の愛情表現が足りなかったみたいだな。今夜はかわいがってやるから、楽しみにしてろよ？」

美都がゲフッとむせる。かわいがるとは――たぶん……そういう意味なのだろう。

「そ、それとこれとは別ではありませんか？」

「生意気にも俺をからかおうとした罰だ。倍にしてかわいがってやる」

まさか煽ってしまうとは。あれこれと想像してしまい顔が火照《ほて》る。

新婚初夜も『思う存分』などと言いながら、かなり激しく抱き尽くされたが。あれ以上、美都の想像力が及ばないようなかわいがり方をするつもりだろうか。

（ちょっと怖くなってきた……）

今さらそんな後悔をしながらパスタを口に運んだ。

帰宅した美都は、リビングのローテーブルに積み上がっている雑誌の束を目にして首を傾げた。

（哉明さんが雑誌を読んでいるところを見たことがないけれど。なんの雑誌だろう？）

近づいて目を丸くする。雑誌と思っていたのは、結婚式場のパンフレットだった。

ソファに腰を下ろし、パラパラとめくって中を確認する。

国内の大規模式場から海外挙式、ハネムーンまで。ウエディング関連プランがたくさん載っている。

「それ、取り寄せといたぞ。希望があったら言ってくれ」

哉明がキッチンでコーヒーメーカーを起動させながら雑に説明する。

こんなにたくさんの資料を取り寄せるのは大変だっただろうに、片手間のように言うところは彼らしい。

「哉明さんはご希望ありますか？」

「一番楽そうなのはふたりきりの海外挙式だな。周りに気を遣わなくて済むし、ハネムーンも満喫できる」

相変わらずの合理主義。だが海外で挙式とハネムーンが同時にできるなんて夢のようで憧れる。きっと杏樹も素敵！と目をハートにして言うだろう。

合理主義者とロマンティストの意見が珍しく合致した。

「美都は？」

「私もそれがいいです。……ああ、このグアムのチャペルなんて素敵ですね」

クリスタルのバージンロードに、真っ白な祭壇、周囲に広がるのは青い海だ。なんて幻想的で美しいのだろうと息をつく。

しかし、哉明は隣に座ると、美都の頭に手を乗せてじっと覗き込んだ。

「本当にそれだけでいいのか？　国内で、みんなを招待した式も挙げられるんだぞ？　ふたりきりの挙式はハネムーンのついでに挙げてもいい」

ドキリとして唇を引き結ぶ。

国内と海外の両方で挙式だなんて、贅沢すぎではないだろうか。

だが、これまで世話になった方々に挨拶をしたい気持ちはあるし、花嫁姿を両親にも見せたい。とくに杏樹にはぜひ見てもらいたい……！

青い海に囲まれての挙式も憧れるし、どちらか一方だなんて悩ましい。

「神様に二回も愛を誓うことになっちゃいますよ？」

「何回だって誓えばいい。誓う内容は変わらないんだから」

「国内で人を招いて式を挙げると、結構大変ですよね。お仕事だって忙しいのに」

哉明は式の準備が面倒だと思うかもしれない──反応をうかがうと、彼はとくに異論もないようで、のんびりと背中をもたせかけた。

「人生の中で自分が主役になれる日なんて、なかなかない。だが、結婚式は間違いなく美都が主役だ。やりたいようにやるべきだ」

背中を押すような哉明の言葉が、じんと胸に響く。

「……それを言うなら、哉明さんだって主役ですよ？」

「俺はいつどこにいたって主役だと思って生きてるからいいんだよ」

「すごいふてぶてしさ」

「普段謙虚に生きてる美都こそ主役になっておけ。口実がなきゃ、わがまま言えない質だろう」

確かに美都はこれまでの人生で自分が主役などと思ったことはない。

きっとあとにも先にも、これきりだろう。自分が主役になれる機会は。

「では、日頃からお世話になっている方々を式にお招きして、お礼を言えたらな、と……」

「礼儀正しい美都らしい。なら、式は都内がいいな。ハネムーンは別途考えるとして、まずは式場を決めよう」

そう言って哉明は、広めの会場で披露宴ができるプランをピックアップしていく。

「和装がいい？　それとも洋装？」

「ウエディングドレスは着てみたいです。和装も気になりますけど……」

「じゃ、両方な」

「えっ」

哉明はぽんぽんと決めていく。さすが決断力の鬼だ。

「ここなんか立地がよさそうだ。チャペルと神社が併設されているみたいだが……神前式後に洋風の披露宴をするか」

美都は置いていかれないようにこくこく頷く。

「まあ、プランはおいおい考えるか。美都だってゆっくり悩みたいだろ」

哉明はソファから立ち上がりキッチンに行く。淡いピンクとブルーの花柄マグに出来立てのコーヒーを注ぎ、戻ってきた。

「今回は焦らせないんですね。三日で決めろって」

「さすがに結婚式を三日で決めろは酷だろ。納得いくまで悩め」

そう言って美都の額にキスをする。驚いて額を押さえる美都を見て、哉明は満足そうに笑みを浮かべた。

「まずはここから決めたらどうだ？　イメージが湧きやすいだろ」

差し出されたのは、ウエディングドレスのオーダーカタログだ。ひと口にウエディングドレスと言っても、様々なデザインがあって、美都はほうっと息をつく。

「すごく綺麗ですね。いろいろな形があるんだな……」

上質な素材を使ったシンプルなドレスから、フリルやレースをふんだんにあしらった愛らしいドレス、トレーンが驚くほど長いゴージャスなものまで。

（私ひとりでは決められそうにないな……）

哉明をじっと覗き込み様子をうかがう。

「……哉明さんは、どれがいいと思いますか？」

「こういうものこそ直感だぞ？」

「直感は全部素敵だと言っています……」

頭を抱えた美都に、哉明は口もとを綻ばせる。

「いくつかに絞って、あとは試着して決めたらいいんじゃないか？　こういうときこそ、お義母さんに手伝ってもらうといい。試着に同伴してもらったらどうだ？」

「確かに……！」

ウエディングドレスの試着に付き合ってなんて頼んだら――杏樹は喜んで舞い上がるだろう。それもある種の親孝行かもしれない。

カタログをめくりながら、ああだこうだと意見を交わし、気がつけば二十二時を過ぎていた。

時計を見上げた哉明が「今日はそのくらいにしておこう」とカタログを閉じる。

「哉明さん、先にお風呂に入ってください」

コーヒーマグを片付けながら言うと、哉明は「なに言ってるんだ？」といたずらな表情でにぃっと笑った。

「手伝ってやってくれって、頼まれたからな」

『お風呂で髪や体を洗うときに困るだろうから、手伝ってあげてね』――杏樹の言葉を思い出し、まさかと蒼白になる。

「待ってください！　ほら、見て。手は完治しています」

二週間も経てばだいたいの擦り傷は治る。すっかりよくなった手を哉明の前でひらひらさせると、彼は「でもなあ」と顎に手を添えて呻いた。

「美都に怪我を負わせたのは俺だ。世話をする責任がある」

こんなときだけ神妙な顔で呟くのだから悪い男だ。近づいてくる端整な顔に、思わず視線を逸らした。

「お世話は不要です。ひとりで洗えます」

「じゃあ単刀直入に言う。一緒に入ろう」

「……哉明さん、私と一緒に入っておもしろいです？」

そりゃあ杏樹のように豊満な体をしていれば楽しめるかもしれないが――そう思い尋ねてみると。

「おもしろい」

興味津々の顔ですっぱりと言い切られて、反論する気力も失せた。

「美都。新婚夫婦が一緒に風呂に入るのは、マグカップをペアで揃えるのと同じくらい日常的なことだぞ？」

哉明がさも当然といった顔で、美都の手もとのマグカップを指さした。

当人はすごく真剣な顔をしているが、騙されている気がしなくもない。

「……それ、適当に言ってますよね？」

「そんなことない。その辺の夫婦に聞いてみろ、混浴したことありますかって」

「そんな恥ずかしい質問できるわけないじゃありませんか」

たとえば杏樹に聞いたなら――。

（ダメだ、哉明さんに賛同しちゃいそう）

『一緒に楽しんで』と高級アロマトリートメントを手渡すくらいだ。

「まあ、美都がどうしても嫌だって言うなら、無理強いはしないが」

キッチンカウンターに頬杖をつきながらこちらを覗き込んでくる。

押してダメそうなので引いてみたのだろう。そうやって遠慮がちにされるのが、どうにも美都は苦手だ。


「哉明さん、絶対に見ちゃダメですからね？」

薄暗いバスルーム、体にタオルを巻き胸もとを押さえて哉明を見上げる。彼も一応、腰にタオルを巻いてくれている。

照明は限界まで落としているが、おかげでお互いのシルエットがくっきりと浮かび上がって、余計にいやらしい感じがしなくもない。

かといって明るい場所で一緒にお風呂という選択肢もない。

「そのタオル、洗いにくくないか？」

「都度なんとかしますのでお気遣いなく」

美都はバスチェアに座らされ、哉明はそのうしろに立った。

怪我をした手の代わりという名目なので、一応、髪を洗ってくれるらしい。

硬くて大きい手が頭皮を撫でる。思っていた以上に気持ちがよくて、杏樹に連れていかれた美容室のヘッドスパを思い出す。

アロマトリートメントのジャスミンがふんわりと香った。

「お客様ー。どこか気になるところはございませんか」

哉明がどこかふてぶてしい美容師を演じる。一応美都も客のつもりで「大丈夫です」と返事をした。

シャワーで髪を丁寧に洗い流し、終わり――かと思いきや、おもむろに首筋に手を伸ばし指先を滑らせる。

「美都は首が細いよなあ」

「え？　普通です」

「俺にとっては普通じゃない。細くて、白くて、かみつきたくなる首だ」

シャワーを手にしたまま、哉明は美都の首筋にかぶりつく。

「ひゃっっ！　ちょっと哉明さん、吸血鬼みたいなこと！」

「俺が吸血鬼なら、美都の血はさぞおいしいだろうな。俺にそういう趣味がないのが残念だ」

「そういうご趣味じゃなくてよかったです……！　ほら、交代ですよ」

美都は立ち上がり、今度は哉明をチェアに座らせる。

「って、おい。俺が世話を焼かれてどうするんだ」

「見ての通り、もう手は治ってますから。ほら、前を向いてください」

少々乱暴に哉明の頭にシャワーをかけ、シャンプーを泡立てる。美都と違って髪が短いからすぐ流し終わって楽ちんだ。乾かすのも楽だろう。

（こんなに楽ならショートでもいいかも）

そんなことを考えながら、今度はジャスミンのトリートメントを手に載せる。

「俺はトリートメントなんていらないぞ？」

「お義母さんが『一緒に楽しんで』と」

艶々になった哉明の髪を、ぬるめのお湯で丁寧に洗いながす。

「楽しめって言ったのは、たぶんこういうことだぞ？」

髪を洗い終えた哉明が急に立ち上がり、美都に体を寄せた。

「きゃっ」

「次は体だが。こんなタオルを巻いていてどうやって洗うつもりだ？」

美都を腕の中に収めながら、そっとタオルを解く。素肌に哉明の体温を感じて、急に体が熱くなってきた。

「か、哉明さん！」

「暗くて見えないから大丈夫だ」

そう断って唇にちゅっとキスを落とすと、ボディソープを手のひらに載せた。

「ま、待って――」

問答無用で哉明の手が伸びてきた。ふわふわした泡とともに、ぬるりとした感触と温もりが美都の曲線を伝ってきて、鼓動がスピードアップする。

「哉明、さん……」

恥ずかしさが極限に達して、顔がまともに見られない。哉明が指先に力を加えると、白い肌がむにっと持ち上がり、なんだかとても卑猥だ。

「美都、ちょっと胸が大きくなったんじゃないか？」

「えっ……？」

杏樹だけでなく、哉明までそんなことを言うのか。

「き、気のせいです！　この歳で大きくなるわけ――」

「俺と気持ちいいことしているうちに、育ったんだろ」

「きゃんっ」

哉明の指先が美都のそこをふにっと摘まみ〝気持ちいいこと〟を体に刻み込む。

手脚が痺れて立つのもままならなくなり、哉明の胸もとに倒れ込んだ。

「っと、危ない」

ふにゃふにゃになった美都を抱き支え、哉明が満足げな笑みを漏らす。

「哉明さんの……せいです……」

「そんな蕩けた声で言われると、もっといじめたくなるな」

哉明の甘く掠れた声と、じっとりと体を探るような手つきが美都を昂らせていく。

気がつけば哉明の背中に手を回していた。ぼんやりと見上げた先に鋭い眼差しがあって、どちらからともなく目を閉じて、唇を重ねる。

シャワーの音が吐息と水音をかき消して、同時に羞恥心も消し去ってくれる。今までにないほど深く唇を絡めた。

「このままベッドへ行こうか？」

甘い声で尋ねられ、こくりと頷く。興奮したこの身はもう抑えが利かない。体を重ね合わせる以外の解決方法が見つからなかった。

タオルでざっと水気を拭き取ったあと寝室へ。珍しく美都から哉明の手を引いて、ベッドに招き寄せる。

「美都……？」

「哉明さん。……して」

寝転がるとともに哉明を抱き寄せキスをする。

髪から香るジャスミン。首筋からはソープと彼自身の甘くスパイシーな香り。大きくて逞しい体を必死に抱きとめ、自身を押しつける。

積極的になった美都を哉明は驚いたように見つめていたが、やがて受け入れ、求めに応えた。

「今日の美都は過激だな。俺がかわいがるまでもなかった」

そういえば夕食のとき、かわいがると言っていたっけ。

「かわいがってくれないと、困ります」

生まれて初めて経験する、爆発的欲情。こんなに体が哉明を求めているのだから、ちょっと優しくされた程度じゃ満足できない。

「いいのか？　本当に手加減してやれないからな」

哉明の眼差しは冷ややかで、覚悟しろとでも言いたげだ。

その氷のような目の奥に、激しい昂ぶりと情熱を隠しているのだとわかる。

「いいの……もっと哉明さんを感じたいから」

普段使う敬語すら忘れて、彼を求める。どれほどの熱い愛をこの身に穿ってくれるのか、愉しみで体が震える。

「もう手加減しないで。哉明さんの、全部ぶつけて」

「……言ったな？」

半開きの唇から赤い舌をちらりと覗かせて、どこから食べようかと焦らすように美都を見つめる。

結局全部と決めたらしく、体の隅から隅まで丁寧に愛撫された。

舌が触れた箇所がひりりと痺れる。全身を探られ、美都の体がとろとろに溶けていく。

「美都が満足するまで、たっぷり愛してやる。ギブアップなんて許さないからな」

緩んだ花弁に哉明が愛を突き立てる。

「あああっ……！」

（今日の哉明さんは、熱くて、激しくて、逞しくて――）

はち切れそうなほど大きな愛を感じる。

甘い痛みを伴う快楽に包まれ、美都は今までにない充足感を覚えた。

エピローグ

一年後。海が望めるチャペルで、美都と哉明はふたりきりの結婚式を挙げた。

場所はグアム。美都がカタログで一目惚れした場所だ。

ウエディングドレスと同じ色の純白の祭壇、そのさらに奥には白い砂浜と青い海、そして同じくらい青い空が広がっている。

美都はスレンダーラインのドレスを纏い、髪はアップにして白い花を飾りつけた。

哉明は真っ白いタキシード。胸もとには美都と同じ花。

どちらかと言えばウエディングフォト撮影と思い出作りをメインにした挙式で、本番はこのあと東京で、大勢のゲストを招いての大々的な式を予定している。

大企業の社長に役員、警察関係者、警視総監まで訪れる派手な式になりそうだ。考えるだけで緊張する。

『今日は練習みたいなものだ。楽しめ』――哉明には事前にそう言われたものの、バージンロードを歩く美都の姿は、どこかぎこちない。

綺麗にメイクアップされた顔は能面のように固まっている。

とても美しいのにどこか残念で、哉明は祭壇で肩を震わせた。笑いをこらえているのだろう。

「Can I go help her?（迎えに行ってもかまわない？）」

祭壇の上で哉明と牧師がやり取りしている。牧師が笑顔で頷くと、哉明は祭壇を降り、美都のもとまでやってきて手を差し伸べた。

哉明の気高い眼差しはピュアなホワイトに彩られ、普段より優しげに見える。

「楽しんでいるか？」

美都の手を取り、ゆっくりと歩き出す。

「はい……お化粧したり、ドレスを着たりしているうちに、なんだか感極まってきてしまって」

このぎくしゃくは緊張ではない、感動をこらえているのだと理解して、哉明はなるほどと得心した。

「いっそ泣いてもいいぞ？」

「嫌です。出だしから顔がぐしゃぐしゃだなんて」

一生の記念となるウエディングフォトの撮影だ、できる限り綺麗な顔で写りたいと願うのは女子として当然だろう。

するとなにかを思いついたようで「じゃあ、涙を吹き飛ばすしかないな」と呟いて屈んだ。

次の瞬間、美都の体がふわりと浮き上がる。哉明が美都を横抱きにしたのだ。

「きゃあっ」

強張った顔が驚きに変わる。ようやく表情が解れた美都を、哉明は満足そうに見つめながら、悠然と祭壇に上っていった。

「見てみろ」

祭壇の奥を視線で指し示す。透明なガラス窓の向こうには、真っ青な海と空が広がっていた。

「綺麗……」

側面の大窓から日の光が燦燦《さんさん》と降り注ぎ、天井と客席の白に反射して、辺りは目が眩むほど輝いている。

こんなにも神秘的で美しい光景を見たことがない。ふんわりと、美都の顔に笑みが浮かぶ。

ようやく楽しむ余裕が生まれたのを確認して、哉明は美都を祭壇の上に下ろした。

ふたりの様子を見つめていた牧師がにっこりと微笑み、誓いの言葉の問いかけを述べ始める。

哉明は流暢《りゅうちょう》な英語で、美都はそのあとをたどたどしく復唱しながら誓い合い、キスを交わす。

式のあとはチャペルを出て、真っ白い砂浜をふたりで歩いた。柔らかな風がドレスの裾を舞い上げ、まるで百合の花が咲いたようだ。

カメラマンがふたりの笑顔を撮ろうと構えているが、美都はまた澄《す》まし顔に戻ってしまった。

「この辺でひとつ笑顔を作って、カメラマンを安心させてやったらいいんじゃないか?」

「簡単に言いますけど、笑顔を作るって難しいんですよ?」

一応頑張って口角を上げてみるが、ぎこちない。百歩譲ってはにかんでいるように見えなくもないが、目が据わっている。

「俺がどうにかするしかないか」

哉明はふうと息をついて美都に向き直ると、真面目な顔で膝をつき、美都の左手を持ち上げた。

「か、哉明さん?」

突然膝をついた哉明に驚いて声をあげるも、真摯な瞳に吸い込まれるかのように押し黙った。

「俺は以前、美都を運命の女性だと言ったよな。神様を信じるような人間じゃないが、それでもこの出会いは奇跡と呼んでいいと思ってる」

美都にとっても人生を変える必要不可欠な出会いだった。

それを人は奇跡と、運命と呼ぶのだろう。目の前の真摯な眼差しに向けて、美都はこくりと頷く。

「君は誰より真っ直ぐで、純粋で、高潔な人だ。俺が持ち合わせていない美しさを、たくさん持っている」

普段なら〝お前〟と乱暴に呼ぶのに、突然〝君〟と呼ばれたから、ドキリとした。

哉明は美都の左手を口もとに捧げ持ち、結婚指輪にそっと口づけをする。

「君を妻に迎えられたのは、俺の人生で一番の幸福だ」

じんと胸が熱くなり、喉が詰まった。そこまで大切に想ってもらえていたとは気づかなくて。

「愛している。美都。俺とともに生きてほしい」

視界がじわりと滲んで、溢れ出た涙が頬を伝っていった。

笑わせようとしてくれていたのではないのか。こんなことを言われたら、泣くに決まっているのに。

「ほら。笑えって」

「笑える……わけ……ないじゃありませんか。なに泣かせにかかってるんですか」

指先で頬の涙を拭う。せっかくのメイクがぐしゃぐしゃだ。

哉明は笑みを漏らすと、美都の太ももの裏に手を回し、再び横抱きにした。

太陽が西日に変わる。オレンジ色の強い光を受けて、彼の笑顔が輝きを増す。

「プロポーズの返事は？」

「そんなの。嬉しすぎて……幸せすぎて」

ほろほろと涙をこぼしながらも、笑みが溢れた。

人は幸せを感じると、ちゃんと笑えるようにできているらしい。

「似合わないプロポーズを一生懸命頑張ったんだ。ご褒美をくれよ」

「自分からご褒美をねだる人なんていません」

お仕置きのごとく彼の両頬を挟み込む。その表情もまたおもしろくて、今度こそ
「あはは」と声をあげて笑った。

「私も。大好きです。愛してます」

彼の頬に手を添えたまま、その唇にキスをする。

後日仕上がったウエディングフォトブックには、哉明に抱き上げられ満面の笑みを浮かべる美都の姿。

その目にはキラキラと幸せそうな涙が輝いていた。

【END】

特別書き下ろし番外編

深夜二時の睦み合い

その日、哉明が帰宅したのは深夜二時過ぎ。

入籍から三カ月。ここまで遅くなったのは、美都が巻き込まれたあのサイバー犯罪事件の集団検挙以来初めてだ。

平日のど真ん中で明日も仕事、美都はすでに眠りについていて、家の中は静まり返っている。

——はずだった。

玄関を抜け廊下に足を踏み出したところで、リビングに明かりがついていることに気づき、驚いた哉明は無意識に足を速めた。

「美都……？」

リビングのドアを開くと、ちょうど美都がキッチンからマグカップを運んでくるところだった。

「哉明さん、おかえりなさい。こんな時間までお疲れ様です」

「ただいま。美都こそ、どうしたんだ？」

ない。

「わかったよ」

そう雑に言い置き、そそくさと自室にコートを置きに行く。

そのままバスルームへ直行。早く戻ってやらなければと無意識に気がせいているのか、普段よりも動きが速い。

シャワー時間の歴代最短記録を更新しそうだ。


肩からかけたタオルで濡れた髪を雑に乾かしながら寝室に向かうと、美都がベッドの中で丸くなって待っていた。

「お待たせ」

「いえ……早すぎて驚きました。私も今、ホットミルクを飲み終わってここに来たばかりですよ」

おそらく十五分程度しか経っていない。シャワーや歯磨きを最速で終えて愛くるしい妻のもとへ飛んできた。

(望んで振り回されるとは。我ながら現金だな)

まさか女性にペースを乱されるのをよしとする日がくるなんて。美都に出会う前の哉明なら考えられない。

ベッド脇に腰かけると、美都はのそりと上半身を起こし手を伸ばしてきた。

「髪……まだびしょびしょですよ？」

「寝ている間に乾くだろ」

「いや、ダメに決まってるじゃないですか」

美都が哉明の首にかかっているタオルをふんだくり、髪を拭き始めた。

細くて小さな指がタオル越しに頭皮を撫でる。自分のために一生懸命してくれているというのは、そそるものがある。

これを幼児化というのか……。人として、男としてかなりダメな感じがするが、好意を持つ女性が健気に世話を焼いてくれるのを嫌がる男もまたいない。

「ああー……毎日頼む」

以前の彼女なら『嫌です』とばっさり切り捨てていただろう。しかし、すっかり丸くなった今の彼女は――。

「……こんなのでよければ」

あまりにも従順な返答に、むしろ不安になる。

「……あのな。嫌なら嫌って言っていいんだぞ」

「嫌なわけでは。なんだか大型犬を世話しているみたいで、かわいいですし」

存外楽しそうな声で美都が言う。

(犬扱いかよ)

しかもかわいいと言われてしまった。

猫扱いした哉明が言えた義理ではないが、男がペットに成り下がったら終わりでは……。

このまま六歳年下の新妻に甘え続けていいのか葛藤する。存外、心地よくてプライドを捨ててしまいそうだ。

髪の水気がなくなってきた頃、美都は手を止めた。

「あらかた乾きましたが、仕上げにドライヤーを使いたいですね」

「……これでよくないか」

「寝ぐせがつきますよ？　頭皮や髪にもよくないですし、なにより寝具が湿ってしまいます」

美都がドライヤーをかけてこいとばかりにドアを指さす。哉明は「やれやれ」と漏らしながら腰を上げた。

「ちゃんと寝ないで待っててくれよ？」

いたずらっぽくそう言い置いて、バスルーム脇の洗面室で髪を乾かすこと約二分。寝室に戻ってくると、案の定とでも言うべきか。美都がベッドに丸まってすやすやと寝息を立てていた。

「……寝つきよすぎるだろ」

呆れつつも、仕方がないかとあきらめる。もう二時半、規則正しい生活を送る美都にはつらい時間だ。

寝かせておいてやりたい。だが、彼女は起こしてほしいとも言っていた。

頭の中で天使と悪魔が戦って、後者が勝つ。

「おーい、美都」

ベッドに忍び込み、頬にキスをして呼びかける。

彼女は心地よさそうにむにゃっと呻くと、寝ぼけたまま哉明にしがみついてきた。

普段はひんやりしている彼女の体だが、寝ついた直後のせいかぬくぬくとしている。

こんなにも細いのに、触れればふんわりしていて柔らかいのだから不思議だ。いったいなにでできているのだろう、同じ人間とは思えない。

「……まあ、こうして寝顔を眺めているのも悪くない、か」

眠気がくるまで、あどけない表情で眠る彼女をしばらく観察していよう。

指先で頬を撫でたあと、首筋にそっと手を滑り込ませ、引き寄せて口づけする。

抱きたい欲が湧き上がってきて、興奮しそうになる自身をなだめた。

「……週末は覚悟しとけよ？」

たっぷりかわいがってやるからなと、まるで自身に言い聞かせるように、美都の寝顔に捨て台詞を吐いた。


【END】

あとがき

本作をお手に取っていただき、ありがとうございます。伊月ジュイです。

強気でふてぶてしくて執着心激強の警視正ヒーロー、そして感情表現が下手すぎる能面ヒロイン。くせの強いふたりの恋愛はいかがだったでしょうか。

気に入ってもらえるといいなあと願いを込めつつ、楽しく書かせていただきました。

ヒロインを愛しすぎる義母もお気に入りのキャラクターです。

ロマンスだけでなくコメディもアリの本作、どうか楽しんでいただけますように。

さて本作のヒロイン美都は、ヨガを日課にしています。ヨガのしなやかな姿勢が綺麗だなあと思ったのが取り上げたきっかけです。

かくいう私もホットヨガに通っていた時期がありました。

ダイエットが目的だったのですが、ポーズがヘビーで、自重を支えるために腕や脚に筋肉がどんどんついていき、体重は増える一方でした。

しっかり体を動かしてお腹もすくのでモリモリ食べて、プロレスラーのごとくムキムキと増強されていったのを覚えています（笑）

そこを越えれば痩せたのかもしれませんが、残念ながら越えられず……。

今は逆に筋肉がなくて困っているので、この機にリベンジするのもいいかもなあ、なんて考えていたり。

体を鍛えると執筆作業もはかどります。集中力が続くようになり、脳の血流がよくなるせいか文章がすいすい出てくるようにもなります。

まだまだ小説を書かせてもらうためにも、筋力アップを頑張りたいと思います。

最後になりましたが、本作品に携わってくださったスターツ出版の皆様、本当にありがとうございました。

表紙イラストは三廼先生。憧れの絵師様で、表紙をお願いしたいとずっと公言し続けていたのですが、ついにご縁をいただけました！　とても嬉しいです。

素敵なふたりを描いてくださり、ありがとうございました。愛らしい美都、そしてブラックスーツをセクシーに着こなす哉明が最高です。

そしてここまでお付き合いくださった皆様に感謝を。次はどんなテーマの恋愛物語をお届けできるか、楽しみにしています。

伊月《いづき》ジュイ

伊月ジュイ先生への
ファンレターのあて先

〒104-0031
東京都中央区京橋 1-3-1
八重洲口大栄ビル 7F
スターツ出版株式会社　書籍編集部　気付

伊月ジュイ先生

本書へのご意見をお聞かせください

お買い上げいただき、ありがとうございます。
今後の編集の参考にさせていただきますので、
アンケートにお答えいただければ幸いです。

下記 URL または二次元コードから
アンケートページへお入りください。
https://www.ozmall.co.jp/enquete/IndexTalkappi.aspx?id=2301

ベリーズ文庫

執着心強めな警視正は
カタブツ政略妻を激愛で逃がさない

2024年9月10日　初版第1刷発行

著　　者　伊月ジュイ
©Jui Izuki 2024

発 行 人　菊地修一

デザイン　カバー　ナルティス
フォーマット　hive & co.,ltd.

校　　正　株式会社鷗来堂

発 行 所　スターツ出版株式会社
〒104-0031
東京都中央区京橋1-3-1　八重洲口大栄ビル7F
TEL　03-6202-0386（出版マーケティンググループ）
TEL　050-5538-5679（書店様向けご注文専用ダイヤル）
URL　https://starts-pub.jp/

印 刷 所　大日本印刷株式会社

Printed in Japan

乱丁・落丁などの不良品はお取替えいたします。
上記出版マーケティンググループまでお問い合わせください。
定価はカバーに記載されています。

ISBN 978-4-8137-1633-4　C0193

ベリーズ文庫 2024年9月発売

『華麗なるホテル王は溺愛契約で絡め娶る【大富豪シリーズ】』 若菜《わかな》モモ・著

学芸員の澪里は古城で開催されている美術展に訪れていた。とあるトラブルに巻き込まれたところをホテル王・聖也に助けられる。ひょんなことからふたりの距離は縮まっていくが、ある時聖也から契約結婚の提案をされて!? ラグジュアリーな出会いから始まる極上ラブストーリー♡ 大富豪シリーズ第一弾！

ISBN 978-4-8137-1631-0／定価781円（本体710円＋税10%）

『凄腕な年下外科医の容赦ない溺愛に双子ママは抗えない【極上スパダリ兄弟シリーズ】』 滝井《たきい》みらん・著

秘書として働く薫は独身彼氏ナシ。過去の恋愛のトラウマのせいで、誰にも愛されない人生を送るのだと思っていた頃、外科医・涼と知り合う。優しく包み込んでくれる彼と酔った勢いで一夜を共にしたのをきっかけに、溺愛猛攻が始まって!? 「絶対に離さない」彼の底なしの愛で、やがて薫は双子を妊娠し…。

ISBN 978-4-8137-1632-7／定価792円（本体720円＋税10%）

『執着心強めな警視正はカタブツ政略妻を激愛で逃がさない』 伊月《いづき》ジュイ・著

会社員の美都は奥手でカタブツ。おせっかいな母に言われるがまま見合いに行くと、かつての恩人である警視正・哉明の姿が。出世のため妻が欲しいという彼は美都を気に入り、熱烈求婚をスタート!? 結婚にはメリットがあると妻になる決意をした美都だけど、夫婦になったら哉明の溺愛は昂るばかりで!?

ISBN 978-4-8137-1633-4／定価792円（本体720円＋税10%）

『ライバル企業の御曹司が夫に立候補してきます』 宝月《ほうづき》なごみ・著

新進気鋭の花屋の社長・苑香は老舗花屋の敏腕社長・統を密かにライバル視していた。ある日の誕生日、年下の恋人に手酷く振られた苑香。もう恋はこりごりだったのに、なぜか統にプロポーズされて!? 宿敵社長の求婚は断固拒否！のはずが…「必ず、君の心を手に入れる」と統の溺愛猛攻は止まらなくて!?

ISBN 978-4-8137-1634-1／定価770円（本体700円＋税10%）

『お久しぶりの旦那様、この契約婚を終わらせましょう』 彼方《かなた》紗夜《さや》・著

知沙は時計会社の社員。3年前とある事情から香港支社長・嶺と書類上の結婚をした。ある日、彼が新社長として帰国！ 周りに契約結婚がばれてはまずいと離婚を申し出るも嶺は拒否。そのとき家探しに困っていた知沙は嶺に言われしばらく彼の家で暮らすことに。離婚するはずが、クールな嶺はなぜか甘さを加速して！

ISBN 978-4-8137-1635-8／定価770円（本体700円＋税10%）

ベリーズ文庫 2024年9月発売

『買われた花嫁は冷徹CEOに息もつけぬほど愛される』冬《とう》野《の》まゆ・著

実音は大企業の社長・海翔の秘書だが、経営悪化の家業を救うためやむなく退職し、望まない政略結婚を進めるも破談に。途方に暮れているとそこに海翔が現れる。「実音の歴史ある家名が欲しい」と言う彼から家業への援助を条件に契約結婚を打診され！　愛なき結婚が始まるが、孤高の男・海翔の瞳は熱を帯び…！

ISBN 978-4-8137-1636-5／定価781円（本体710円＋税10%）

『極上の愛され大逆転【ベリーズ文庫溺愛アンソロジー】』

〈溺愛×スカッと〉をテーマにした極上恋愛アンソロジー！　最低な元カレ、意地悪な同僚、理不尽な家族…、そんな彼らに傷つけられた心を救ってくれたのは極上ハイスペ男子の予想外の溺愛で…!?　紅カオルによる書き下ろし新作に、コンテスト大賞受賞者3名（川奈あさ、本郷アキ、稲羽るか）の作品を収録！

ISBN 978-4-8137-1637-2／定価792円（本体720円＋税10%）

ベリーズ文庫 2024年10月発売予定

Now Printing

『タイトル未定（航空王×ベビー）【大富豪シリーズ】』葉月《はづき》りゅう・著

空港で清掃員として働く芽衣子は、海外で大企業の御曹司兼パイロットの誠一と出会う。帰国後再会した彼に、契約結婚を持ち掛けられ!? 1年で離婚もOKという条件のもと夫婦となるが、溺愛剥き出しの誠一。やがて身ごもった芽衣子はある出来事から身を引くが――誠一の一途な執着愛は昂るばかりで…!?

ISBN 978-4-8137-1645-7／予価748円（本体680円＋税10%）

Now Printing

『タイトル未定（悪い男×外科医×政略結婚）』にしのムラサキ・著

院長夫妻の娘の天音は、悪評しかない天才外科医・透吾と見合いをすることに。最低人間と思っていたが、大事な病院の未来を託すには彼しかないと結婚を決意。新婚生活が始まると、健気な天音の姿が透吾の独占欲に火をつけて!? 「愛してやるよ、俺のものになれ」――極上の悪い男の溺愛はひたすら甘く…♡

ISBN 978-4-8137-1646-4／予価748円（本体680円＋税10%）

Now Printing

『タイトル未定（エリート警察官×お見合い婚）』吉澤《よしざわ》紗《さ》矢《や》・著

警察官僚の娘・彩乃。旅先のパリで困っていたところを蒼士に助けられる。以来、凛々しく誠実な彼は忘れられない人に。3年後、親が勧める見合いに臨むと相手は警視・蒼士だった！ 結婚が決まるも、彼にとっては出世のための手段に過ぎないと切ない気持ちに。ところが蒼士は彩乃を熱く包みこんでゆき…！

ISBN 978-4-8137-1647-1／予価748円（本体680円＋税10%）

Now Printing

『美貌の御曹司は、薄幸の元令嬢を双子の天使ごと愛し抜く』蓮《はす》美《み》ちま・著

幼い頃に両親を亡くした萌。叔父の会社と取引がある大企業の御曹司・晴臣とお見合い結婚し、幸せを感じていた。しかしある時、叔父の不正を発見！ 晴臣に迷惑をかけまいと別れを告げることに。その後双子の妊娠が発覚し、ひとりで産み育てていたが…。3年後、突如現れた晴臣に独占欲全開で愛し包まれ!?

ISBN 978-4-8137-1648-8／予価748円（本体680円＋税10%）

Now Printing

『お飾り妻のはずが、冷徹社長は離婚する気がないようです』晴《はる》日《ひ》青《あお》・著

円香は堅実な会社員。抽選に当たり、とあるパーティーに参加するとホテル経営者・藍斗と会う。藍斗は八年前、訳あって別れを告げた元彼だった！ すると望まない縁談を迫られているという彼から見返りありの契約結婚を打診され!? 愛なき結婚が始まるも、なぜか藍斗の瞳は熱を帯び…。息もつけぬ復活愛が始まる。

ISBN 978-4-8137-1649-5／予価748円（本体680円＋税10%）

タイトル、価格等は変更になることがございますのでご了承ください。

ベリーズ文庫 2024年10月発売予定

Now Printing

『君と見たあの夏空の彼方へ』麻生《あそう》ミカリ・著

カフェ店員の綾夏は、大企業の若き社長・優高を事故から助けて頭を打つ怪我をする。その日をきっかけに恋へと発展しプロポーズを受けるが…。出会った時の怪我が原因で、記憶障害が起こり始めた綾夏。いつか彼のことも忘れてしまう。優高を傷つけないよう姿を消すことに。そんな綾夏を優高は探し出し──「君が忘れても俺は忘れない。何度でも恋をしよう」

ISBN 978-4-8137-1650-1／予価748円（本体680円＋税10%）

Now Printing

『あなたがお探しの巫女姫、実は私です。』坂野真夢《さかのまむ》・著

メイドのアメリは実は精霊の加護を持つ最弱聖女。ある事情で素性がバレたら殺されてしまうため正体を隠して働いていた。しかしあるとき聖女を探している公王・ルーク専属お世話係に任命されて⁉　しかもルークは冷酷で女嫌と超有名！　戦々恐々としていたのに、予想外に甘く熱いまなざしを注がれて…⁉

ISBN 978-4-8137-1651-8／予価748円（本体680円＋税10%）

タイトル、価格等は変更になることがございますのでご了承ください。